庆祝中华全国总工会成立100周年
天津市职工作家创作文丛

坚不可摧

穆继文 著

JIAN BU KE CUI

中国工人出版社

图书在版编目（CIP）数据

坚不可摧 / 穆继文著.—北京：中国工人出版社，2024.4
ISBN 978-7-5008-8435-4

Ⅰ. ①坚… Ⅱ. ①穆… Ⅲ. ①中篇小说－中国－当代 Ⅳ. ①I247.5

中国国家版本馆CIP数据核字（2024）第049275号

坚不可摧

出版人	董　宽
责任编辑	吴　倩
责任校对	张　彦
责任印制	栾征宇
出版发行	中国工人出版社
地　　址	北京市东城区鼓楼外大街45号　邮编：100120
网　　址	http://www.wp-china.com
电　　话	（010）62005043（总编室） （010）62005039（印制管理中心）
发行热线	（010）82029051　62383056
经　　销	各地书店
印　　刷	北京市密东印刷有限公司
开　　本	880毫米×1230毫米　1/32
印　　张	3.625
字　　数	74千字
版　　次	2024年4月第1版　2024年4月第1次印刷
定　　价	28.00元

长风破浪会有时

蒋子龙

甲辰年初夏——“五一”劳动节来临之际，津沽大地绽放出一束别样的文学景观：十位作家，一套丛书，十部作品。作家居然成一个班的建制“闪亮登场”，让人有些惊奇和振奋，甚至感到有些突然。曾几何时，社会一度在关注天津青年作家队伍的现状，如今看谁还敢说“天津文学后继乏人”？！

说突然，其实并不突然。在过往的岁月里，他们都公开发表过多篇小说、散文、诗歌等作品，有的还出版过长篇小说，只是多以“散兵游勇”的姿态游离于文学界。久而久之，他们当中或许有人会成为名家，或许有人会与文坛渐行渐远，这也充分说明了机遇和平台的重要性。这十位作家来自不同的行业，他们共同的身份是所在单位的工会会员。这批俗称语境中的“业余作者”，之所以能和他们的作品一起在天津文坛集体出场，得益于天津市总工会的“职工作家培育工程”。回想起早年间，我所在的厂工会是职工的文艺之家，文、音、体、美、舞全面开花，富有吸引力、感召力和亲和力。离开工厂多年，我无论如何都想不到，天津市总工会竟办成这样一件给文学界鼓气提神、为职工生活锦上添花的大好事。

职工是社会的重要见证者和参与者，也是通过劳动创造生活的实践者。主办方天津市总工会告诉我，启动于去年春天的“职工作家培育工程”，参加条件之一是“在职职工”。在我看来，“在职职工”的视野里有真东西，生活中有真体验，情怀中有真良心，笔尖上有真表达，这就从根本上杜绝了鸡零狗碎的胡编乱造——看似写的是现实生活，却没有现实感，触及不到现实的敏感神经和痛点。纵观过往的文学大家，大都是“在职职工”。钱钟书对“纯文人”甚不以为然，他在《论文人》中就直言:“古人所谓‘词章家’、‘无用文人’、‘一为文人，便无足观’的就是。至于不事虚文，精通实学的社会科学与自然科学等专家，尽管也洋洋洒洒发表着大文章，断不屑以无用文人自居。”在物质社会、同质时代，差异就是优势，职业本身就使他们具备天然的差异性。因此，“在职职工”更容易培养和保持自己的势能。而写作，是不能失去势能的。

克莉斯蒂有句名言:“作家是缺少自信的人，永远需要鼓励。”从某种意义上讲，天津市总工会提供的“培育”更像一种鼓励。这种“鼓励”可谓形式多样、内容丰富，其中包括联系名家交流创作体会、提供修改建议等。这不仅是对“业余作者”

的鼓励，也是对文学创作“造血”机能的培育。岂止是“业余作者”，即使是名家，也需要这种鼓励。陈忠实写完《白鹿原》，先拿给一位并非声名赫赫的评论家朋友看，得到朋友的认可和鼓励后，才敢寄给出版社。同样的道理，十位作家与工会这个“知音”不期而遇，从而有了十部作品的高山流水。

这十位作家中有机关干部、产业工人、教师、公安干警、社区工作者等，他们带来七部长篇小说和三部5万字以上的中篇小说。其中的《坚不可摧》在我看来是长篇架构，只是没有完全展开，交代多于描写。这些作品无一不是从他们熟悉的生活元素中提炼出来的，题材多样、内容丰富，带有明显的天津地域色彩，创作理念也各有千秋。他们有沉实的生活底蕴，再配上足够的想象力，小说就有了魅力。

文学不能失去社会性，这十部书有着结实的人物形象和故事，写出了现实生活的骨感。《追光》中的女主人公刘少英，原是家里的墙上贴满奖状的模范人物，是村里最早致富的领头人，为支持村里办炼铁厂让全村人致富，不惜拿出全部家当。为此丈夫离开了家，而唯一的儿子死于事故。因儿子宅基地上无房，无法拆迁分房，村里干部和开发商与她多次协商无果，她成了“钉子户”和“上访专业户”。幸好后来为给山里送电，负责解决这一问题的男主人公陈进，年轻时曾是刘少英的崇拜者，诚直和厚、古道热肠，在他的调解下，刘少英主动迁走了儿子的坟墓，为“追光”工程让路。晚年，她孤身一人顽强而不倨傲地生活在山脚下，守护着儿子的孤坟。整部小说风骨硬朗、气象清扬，并不回避社会现实中的丑恶与矛盾，却令人动容，并感到温暖。

文学界似乎或明或暗、或断或续地一直在争论写“光明面”和“阴暗面”的问题。文学的力量不取决于写不写这“两面”，而是怎样写、以什么样的心态写。倘是怀着阴暗的心理歌颂“光明”，那就是对“光明”的嘲讽，效果适得其反。而《追光》的作者诤直有胆识，文不负心，持经世情怀，纵是揭露了种种社会矛盾和丑恶，却能真正打动人，反不会令人有晦暗之感。诺贝尔文学奖获得者、德国作家格拉斯曾言“文学正在从公众生活中撤退”，这才是文学被边缘化和失去感染力的原因。现实主义的基本逻辑是真实，深刻必蕴于诚实之中。现实主义的真实有超越虚构和说谎的力量。

中篇小说《坚不可摧》就具备这样的品格，两个优秀的警察，不得不躲在医院卫生间里彻夜分析案情，商量破案办法。为什么？因为他们的顶头上司公安局长是凶杀案的幕后主使。小说气格峥嵘，提供了一个很好的故事，触及了现实的痛处。直面现实，才能超越现实，富有建设性。这样的作品有益于世道人心，给人一种精神鼓舞。

长篇小说《肺活贴》也如此，主人公吴刚的亲人罹患绝症，又被现行医疗环境逼到绝境，竟发愤自己制药……从一个个剖面，层层剥开掣肘职场、阻碍顺畅呼吸的病灶，绘制一幅幅青春奋斗风貌。这样的小说才是读者乃至社会的“肺活贴”。作者把自己的灵魂注入作品之中，用真诚使文字有了一种巨大的感染力量。真诚是创作的命根子，写作不是精神逃避，有真性情才有好文字。在虚假文字泛滥、作家的虚构能力减弱的当下文坛，这十部作品尤其显得难能可贵，有一种回归创作本真的强心意义。

长篇小说《“姐夫”驾到》文思灵幻，生面别开。单是主人公获得了“姐夫”这样一个称谓，便带着亲昵、诙谐等诸多涵义。一个合资企业的代理工会主席，像“姐夫”一般千方百计、足智多谋地为职工谋求合法权益，关心职工的进步和发展，最终竟将企业的外方老板也教化成半个“姐夫”。小说气象融合可亲，用嬉戏笔法消解了企业内部的紧张矛盾，语言俊丽、文采盎然。

《一条大河波浪宽》中的“大学生村官”闫行的一段话，让我觉得这部小说的境界，高于眼下同类题材的许多作品：“我不想唱高调，对我来说，我就是找了一份普普通通的工作，自己做得开心的同时，也能让身边的大家伙儿开心，这就是我工作的价值。”这部书提出了一个了不起的观念：大学生当“村官”应该“职业化”，而不是“运动化”。就如同企业界有“职业经理人”一样，有契约、有标准、有职责，双向选择，这样的“村官”更便于融入农村。所以闫行刚进村的时候是“小闫”或“小行”，渐渐变为“真行”或“大行”，后来成为“老行”！

成熟的文学原不受题材的局限，《车间主任》《新生代》等作品，描写了现代企业生产经营、管理与发展的各种情状，看似是所谓的“工业题材”，实际是表现现代人的“职业性”，或者说现代职业生涯中的人性。在计划经济的年代，工厂车间的主要职能是生产、出产品，人际关系简单，谁的技术好，谁就会受到上级和工友的尊重。“公私合营”后企业的性质只有一种“国营”，理论上工人是国家的主人。仅这十部书中涉及的企业，就有国有、独资、合资、股份制、全民所有制……人际关系变得极其复杂和微妙，本该以生产为主的车间，人际关系成了“第一生产力”……

过去写工厂生活有个很大的困难，不写生产过程，故事无法展开，人物塑造和矛盾的铺陈都离不开“生产”这个元素，但一写生产过程，作品就显得枯燥乏味，被贬为“车间文学”。而《车间主任》等作品完全没有受这些因素困扰，其表现的是工业生产环境下的职业人生，有其特殊性，也有共性。“工业题材”是个约定俗成的概念，工业剧烈地改变了社会，改变了生活，小说是冲着被工业化改变了的社会生活以及“工业人生”去的，工业生产只是工业人性的背景。工业社会里没有容易的人，也没有容易的人生，小说有察世之智，朴诚沉挚。这是《车间主任》《新生代》乃至《肺活贴》等作品对“工业题材”的开拓和新贡献。

《暖春》题材新颖，在此之前，我还没有读到过像模像样的反映“社工”生活的小说。小说中的居委会，已经完全不是从前由一个“老大姐”，俗称“街道大妈”主持工作的居民委员会了。网络社会，网中人在微信上亲，见了面淡，住在同一栋楼，可能很久都见不上一面。而小说《暖春》，却气度温婉，文字有清趣。

《大湖长歌》显然是取材于东丽湖的开发，因为东丽区的赤土村很有名，小说保留了这个村名。东丽区曾经是天津的一块文学高地，20世纪九十年代崛起的几位专写长篇小说的东丽作家，均已年过花甲。在天津市总工会推荐的十位作家中，看到李旸的名字，令人高兴。

以前东郊区有大片的田地覆盖着黑乎乎的污水，人们钓鱼不敢去东郊。先有东丽湖的开发，后有空港的建成，不仅是一个区改天换地，天津东部半个城市的面貌都大为改观。李旸倘是把格局打开，不局限于一个区、一个湖、一座神龟亭，驰骋想象，把东部天上地下、湖里岸边、神龟金条等串在一起，纵放宕出、浑然成章，或许小说有另一番气象。作家就应对现实深切关注，同时保持易于思考和发挥想象的适度距离。

我居住的小区靠近西外环，十多年前每有西风，便会闻到一种烧胶皮的臭味。无风时也有这种臭味，天空的西边还汹涌着浓密的黑烟……岂料那竟是小说《青铜雕像》的生活原型。社会开放，被贫穷挤压太久的农民，一有了发财致富的自由，便无师自通地寻找各种“赚钱的门路”，然后不顾一切地走下去。其中一条门路是到城里收购废铜烂铝，回家稍作处理，加价卖出。

其中的代表人物李清泉，最初乘长途公交车，奔波一天再乘车回家时，要经过一个检查站。像战争年代穿过封锁线一样，他把装着金属破烂的编织袋东藏西掖，还经常被没收。后来他骑“铁驴”自行车，驮着一二百斤甚至更重的破铜烂铁绕过检查站……书中有个细节具有经典元素，收破烂走街串巷，是十分劳累和辛苦的。一天中午，主人公李清泉实在又累又饿，坐靠在一个变压器小屋的墙根下，从怀里掏出干饽饽和一块咸菜，吃着吃着竟睡着了。迷迷糊糊感到有个热乎乎的东西在嘴边蠕动，用手一拨拉，摸到一团毛烘烘的东西，睁眼一看，是一条流浪狗，正用舌头舔他嘴边的饽饽渣……

他很生气，自己不仅被人欺负，连狗也欺负他，当即把流浪狗赶跑。随后他却想到，这条狗也是饿坏了，才来舔他的嘴，其实自己比流浪狗也强不了多少，早知道就剩点饽饽给它。我想给作者再补充几句：以后这条狗就跟着李清泉到处走街串巷收破烂，成了他的好伙伴，这让他觉得轻松愉快了很多。后来他越做越大，渐渐发展到一个集装箱一个集装箱地大规模处理废旧电缆、电线和各种金属垃圾，最终创建了没有污染的“再生资源公司”。直到他去世后，那条狗还整天守护着他的“青铜雕像”。小说可以有闲笔，增加情趣和意蕴。

《青铜雕像》格调沉郁，文思饱满有力，读罢难抑苍凉之慨。李清泉这个人物不同于以前文学作品中的诸多农民企业家形象，有着完全不同的心性和智慧。从买卖废铜起家，最后为他立了一尊“青铜雕像”。

天津市总工会邀我为这套“十人书”作序。读罢书稿，神思感奋，似能与作者心源相接。于是不避妄言多失，写下读后心得。聊以应命。

作者系中国作家协会原副主席、
天津市作家协会原主席
2024年4月

目　录

傍晚的世纪大道，流光溢彩、霓虹闪烁、车来车往，斑马线上人来人往。偶尔闯红灯的人，也许他们真的都有紧急的事要办，也许他们就是喜欢挑战底线。

别说，现在已经是晚上7点钟了，这条马路没有堵车，倒也是新奇事。往日，这个时间段，在这条街道上，就这一段路，不开个半个钟头，它还算是一线城市吗？

今天是中秋节，一个团圆的日子，或许这就是今天这条路不怎么堵车的原因吧。

第一章

慕忠诚停放好汽车，爬上了四楼，他的母亲微笑着把门打开，她一定算准了，是儿子回来了。

“今天够早的，赶紧洗洗手，就等你了。”母亲高兴地边说着，竟然还拉着45岁儿子的手向屋里走。

慕忠诚进了客厅和哥哥嫂子、兄弟弟妹以及小辈们打了招呼，小辈们还拿慕忠诚开玩笑，这么大的人了，还让奶奶拉着手。

慕忠诚做了个小孩子的鬼脸说道："我乐意。"便高高兴兴地牵着母亲的手，随着母亲走到了厨房，他和妻子孙琳默契地微笑了一下。

"占军明年就高考了，补习课上完就太晚了，他直接回家，不来了，你能回家来，妈就最高兴了。"孙琳边帮婆婆忙乎着饭菜，边满心欢喜地说着。他们夫妻聚少离多，带孩子、照顾双方老人的重担都是她自己扛着。慕忠诚心里明白，他欠这个家的，更欠自己妻子的。慕忠诚偷偷地摸了一下孙琳的臀部，笑着说："辛苦你了，老婆。"孙琳听到这句话，眼泪都快流了下来。

"别贫嘴，让妈笑话。"她说。

"不笑话，是诚儿亏欠你和占军的，妈高兴。"慕忠诚的母亲说。

……

窗外突然响起了警车的紧急鸣笛声，一声声撕心裂肺的呐喊，让全家人心神不定。

慕忠诚的手机铃声几乎和窗外的警车鸣笛声同时响起来了，慕忠诚紧皱眉头回答道："是，黄局，我马上到。"

慕忠诚和母亲及家人说了声："对不起，大家吃好，下次我请客，咱们到饭馆吃。"说完，他头也不回地疾步向外走去。这一句话他说得最多，就连母亲让他"小心点"的话，妻子孙琳看他一眼的深情，以及小辈们的招呼他都来不及回应，他的心里就是案子。

慕忠诚快速赶到了案发现场，本市河北区幸福道阳春里社区31号楼3单元501号。一具无头女性裸尸在卫生间的角落里半跪着，被害人的头颅摆放在电视机的顶部，这是一台老款的三星牌20英寸彩色电视机，分局法医唐静和市局刚到的法医肖老师，以及技术员们正在忙碌着收取证据，鉴定相关物证。

慕忠诚在现场仔细地进行了勘查，这时候从主卧室走出来的分局黄博文局长上前和慕忠诚耳语了几句。片刻，市局的高鸿儒副局长等领导也到了现场，黄局长简要地向市局领导作了接警之后和现场情况的汇报。高副局长指示：留下一部分同志继续认真勘查，做好清理现场工作，妥善处置现场，同时寻找周边群众进行先期了解，其他同志立即到附近的派出所，召开案件现场会议，尽快开展侦破工作。

天山路派出所的会议室里坐满了市、区公安机关的领导和参战的民警同志们。黄局长主持了专案会议，首先是分局刑侦支队副支队长魏长明汇报基本案情。

9月19日19点15分，接到市局指挥中心转警指令，辖区有一位市民报警，怀疑他的楼上住户有问题，该市民发现顺着他家卫生间的上水管道处有红色的液体往下流，他感觉好像是血迹，于是上楼敲门，但是没有人应答，红色液体还是向下流，他有点害怕了，就报了警。

天山路派出所第一时间接到市局指令，立即出警，5分钟内到达了案发地，经过和报案人田某某核实，值班带队的副所长李志刚迅速将防盗门撬开，打开房门之后，看到屋内一切正常。

这是一间50多平方米的偏单，他们向客厅走去，突然看到电视机顶部有一颗女性头颅，开始他们以为是塑料人体模特的头部，走近一看，令人毛骨悚然。这是一颗活鲜鲜的女性头颅，血液似乎已经流干了，煞白的脸没有了一点血色，眼睛微闭着，一滴血液凝固在右眼角，像是一颗红色的痣。

报案的那个邻居看到一颗人头在电视机上，当场就晕过去了。好在李志刚副所长冷静，他立即让民警小邢报告指挥中心和分局刑侦支队，让跟着出警的辅警小张马上拨打120救护电话。

随后，李志刚副所长和民警小邢立即控制现场，避免现场被破坏。警车鸣笛声越来越近，增援来的派出所民警在郑小贤所长的带领下，维护着现场秩序。好在今天是中秋节，家家户户都在家里看电视，吃团圆饭，不过因为警车鸣笛和警灯闪烁，附近楼里一些不明真相的群众还是出来看热闹，左右楼宇里多多少少还是有从窗户里向外张望的居民。

很快，分局值班领导黄博文局长带领魏长明副支队长来到了现场，开始进一步勘查。他们先是在卫生间里发现一具无头的女性裸尸半跪在地面上，因为卫生间很小，也就4平方米左右，尸体倚靠着墙壁，正好是自来水管道处，鲜血流了一地，颈部的鲜血顺着管道一直流到了那位报警的居民家的卫生间里。

分局法医唐静汇报，她说道：“死者为女性，30岁左右，身高约1.68米，死前有过性行为，被案犯勒脖窒息而亡，并被拖到卫生间，随后案犯用刀具割下她的头颅，放干净了血液，又擦干净了颈部，将头颅放在了电视机顶部，被害人的尸体就放在了卫生间内。目前就是这些，我们还要进一步勘查提取物证。另外我们进屋的时候，电视机是开着的，正在播放中秋节文艺联欢晚会，当时李胜素、于魁智老师正在演唱‘月儿弯月儿圆，月光如水照无眠……’《花好月圆》的京剧唱段。根据此节目的时间段分析判断，被害人应该与犯罪嫌疑人认识，被害人应该死于今日下午4点左右，案犯应该是今日下午6点左右逃离现场的。他一直开着电视机，其实就是为了闹出动静，掩人耳目，制造家里有人的假象。”

市局高鸿儒副局长指示，要迅速成立“9·19”专案组，由黄博文局长亲自任组长，慕忠诚副局长兼刑侦支队支队长为副组长，具体负责日常工作，要选派优秀侦查员，同时市局也会派专家协同侦破案件。

黄博文和慕忠诚站起来，代表分局全体参战民警向市局领导做了保证。

会后，高副局长临行前对着慕忠诚说道：“小慕，今天上午才任命你为副局长，晚上就给你出了一个命案的课题，你可不能让市局党委失望啊，也不能让黄局长的极力推荐成了遗憾，人命关天，抓紧破案，有困难告诉我。另外，华兴化工集团那块闲置的土地被占用问题，你们也要抓紧处置，避免再生事端，这也是李局长的指示。华兴化工集团可是央企啊，是我们的财神爷，不容忽视。”

“放心，高局，我们一定按照市局党委和您的指示，立即行动，尽快了解死者情况，掌握线索，快速破案，给老百姓一个交代。华兴化工集团被非法占地事件我也会及时了解掌握情况，向您汇报。”慕忠诚坚定地向高副局长承诺，给高副局长行了一个标准的敬礼。

送走了市局领导和黄局长，慕忠诚又返回了案发地，和侦查员们又进行了细致的勘查。他还安排魏长明带队立即调查死者生前情况和相关线索，同时还让派出所郑小贤所长带队调取周围监控，看看有什么可疑之处。

回到分局已经是午夜了，黄局长和慕忠诚随便吃了点外卖，就开始听取了解案件情况刚刚回来的魏长明等人的案情汇报，研究分析下一步工作方案。

被害人，洪爱敏，女，32岁，身高1.68米，南方某省某县某村村民，已婚，老家有一个10岁的女儿，与洪爱敏父母生活。八年前，她刚结婚两年就离异了，丈夫也是本村人，33岁，也姓洪，叫洪盛武，他们还是初中同学，洪盛武也是离婚后外出打工去了，目前情况不详。

魏长明拿出了几张洪爱敏的照片，的确是一个大美人，不仅有江南女子的柔美，还有现代女性的风情，长发飘逸，双目传情，厚厚的嘴唇更能激发异性的原始欲望。

洪爱敏在本市豪门娱乐总汇当业务经理，已经八年了，也就是说，她离婚后就来到了本市，其实她过去就是在豪门娱乐总汇以当坐台小姐为营生。

魏长明他们通过电话询问豪门娱乐总汇总经理古德玉，绰号“古老四”了解情况，古老四像是什么事都知道似的，他说自己在外地谈生意，让魏长明他们找豪门娱乐总汇的大堂经理谭少亮了解情况。

慕忠诚拍了一下桌子，骂道：“又是古老四这个王八蛋，什么案子都能扯上他，他出什么差，他就是躲着咱们，非法占有华兴化工集团的土地，还不是他在背后捣鼓的，这群人渣，早晚收拾他们。”

黄局长瞪了一眼慕忠诚，止住了他的愤怒，说道：“天快亮了，大家先休息会儿吧，明天按照慕副局长布置的计划行动，尽快拿到有价值的线索，固定证据，抓紧破案，别搞得满城风雨，让老百姓没有安全感。其他区域的系列入室盗窃案还没有破获，现在又加上这起重大命案，这是犯罪嫌疑人在向我们警察挑衅。”

大家走出了会议室，黄局长拍了拍慕忠诚的肩膀，说：“你已经是副局长了，在同志们面前注意情绪。”

慕忠诚默默地点了点头。

第二章

慕忠诚说得没错，古老四压根儿就没有出差，今夜他正准备与阿敏（古老四喜欢称呼洪爱敏为“阿敏”）在豪门娱乐总汇的总统套房幽会，来满足他酒后逍遥快活的欲望之欢。

当古老四听闻洪爱敏被人割下的头颅摆放在电视机上，还裸露着身体跪在卫生间里，当时就吓得魂飞魄散，一下子清醒了。他在总统套房里走来走去，没有了方向，他绞尽脑汁地想凶手是谁，公安局会不会怀疑自己。他壮着胆子冲着镜子大喊大叫着：“是哪个不要命的东西，敢跟老子过不去，拿老子的女人撒气开刀，别让老子查出来你是谁，查出来，老子给你大卸八块，吃了你的肉，喝了你的血，将你碎尸万段。”他歇斯底里地闹腾就是给自己壮一下受到极度惊吓的胆子，他真的害怕警察找上门。

古老四在豪门娱乐总汇自己对着自己撒了一通酒疯，心里多少还是有点怜香惜玉。他让谭少亮准备十万块钱现金，吩咐他千万别邮寄，一定要打听好洪爱敏老家地址，派人去一趟洪爱敏老家，把钱交给她父母，就说洪爱敏出国挣钱去了，十万块钱是留给孩子将来上大学用的，以后挣了钱还会再送来。

古德玉，45岁，和慕忠诚一个属相，属马的。他媳妇杨彩芬，比他大一岁，也是他们一个村的，是个残疾人，从小得了小儿麻痹症，走起路来一瘸一拐的，不过她长得还算漂亮。那个时候他能娶到媳妇就不错了，再说了杨彩芬也绝对配得上他古老四，就他那五短身材，蒜头鼻子，扇风耳朵，也就是那双浓眉大眼还算周正，不过放在他的脸上有点可惜了，或者说长在他脸上不舒服。

他们的女儿古小芬，20岁，挺有出息的，长相随她母亲，不过浓眉大眼像他，漂亮的眉眼长在古小芬脸上就好看极了，小芬现在在南京上大学。

过去他们老古家特别穷，老家就是本地北郊区某镇某村的。古父古母是地道的农民，育有三男二女，老大古德朕（读"振"的音），老二古德金，老三古德宝，老四就是他古德玉了，老五是最小的儿子古德廉。现在五个孩子都有出息了，他们的父母在村里走起路来都底气十足，村里的人也都敬重他们的父母。

古老四安排好相关事宜，偷偷地从豪门娱乐总汇的后门溜走了。他知道公安局一定还会找他，甚至怀疑是他雇凶杀死了洪爱敏，他知道自己在派出所和刑警队的臭底子。十几年前他因为寻衅滋事殴打他人，被当时还是所长的慕忠诚拘留了十五天，他还赌博嫖娼，那个时期的严打，他是样样不落，基本上都是他大哥古德朕出面化解的。

老大古德朕死得早，五年前，一场车祸要了他的命，留下朕新建筑有限公司等一大堆的产业和雄厚的资金给了他们几个姊妹兄弟。古德朕死后，经过他们全家家庭会议决定，由古家三闺女古德宝掌管家业，同时她还要担负照顾大哥古德朕的妻子和一双儿女的责任。

古德朕的死，有好多传闻。有的老人说，这小子的名字犯忌，什么人敢叫“朕”，那是“皇上”。他一个穷小子，白手起家，靠着投机倒把挣了不干净的钱，阎王爷能让他快活逍遥吗？再说，他哪有那命呀。还有的人说，古德朕就是受穷的命，他的那张脸都带着“衰人”像，大方脸，高颧骨，连心眉，这样的长相就是短命长相。更有人讲，古德朕是被他的司机害死的，他知道了大领导的秘密，能活吗？整天醉醺醺的，早晚出事。

那日深夜，古德朕与同车的华兴化工集团的副总经理，还有一个生产处处长，一个聚醚分厂的副厂长刚吃过山珍海味，紧接着又是歌厅，又是洗浴，在享受完一条龙服务后，回家的路上四个人同时遇难了，只有司机彭旭日被医院及时抢救过来了。他一出院就被古老四毒打一顿，后来亏得三姐古德宝救了他，古德宝还把古老四臭骂一顿。

“混账东西，还嫌事儿小，公司死了三个领导，咱们得赔多少钱，忍着。大彭也是从阴间里爬出来的，他要是胡说一通，咱们家就完了，大哥创下家业容易吗？”古德宝的一番话，让全家人信服，由此全家人也选了她支撑家族的企业，她坐上了总经理的宝座。

彭旭日十分感激古德宝的信任之恩，他当场就要给古德宝下跪。古德宝扶起了他，说：“兄弟，今后跟着姐姐好好干，姐姐信你。”从此，彭旭日就当上了这位古三姐的司机兼保镖。

彭旭日，29岁，未婚，中等身材，单眼皮，一身的腱子肉，七年前从武警部队退役，因为老家在西北的山区，所以他不愿意复员回老家发展。据古德朕生前说，是一位领导通过战友介绍彭旭日来的朕新建筑有限公司，古德朕看小伙子忠厚老实，又是军人出身，就留下来给自己当了司机。彭旭日的确为人厚道，不爱言语，还有一身擒拿格斗的功夫，所以深得古德朕的信任和喜欢。那场车祸交警大队出了现场，给出的结论是纯属意外，天黑，路滑，彭旭日似乎看到了一只活物，他急忙打轮躲闪，没承想右侧是一条污水沟，车子一下子歪歪斜斜冲了下去。

……

古老四大半夜地跑到了三姐古德宝在市区的豪华别墅里，想让三姐出头，求助市局领导，让他躲开警察的盘问，否则他又要蹲在拘留所里熬几天了，他真受不了那种煎熬的日子。

这是一个独栋别墅，这个豪华社区叫王府36号，整个小区只有36栋别墅，有双联排别墅和独栋别墅两种。外形是仿欧美式的建筑，地面五层，地下还有两层，地下一层是休闲娱乐层，地下二层是车库。这是去年她女儿去美国读书，丈夫陪读一起出国时，她购买的这套价值三千多万元的豪宅。

自打古德宝掌握了古家的最高权力后，她首先把公司的注册名称改了，不叫“朕新建筑有限公司”了，更名为“德宝商贸联合责任有限总公司”。别说，改名称后，古家的营生越来越红火，现在他们业务涉及广泛，不仅是古德朕生前那些建筑工程的活计了，她旗下已拥有了物业公司、广告公司、娱乐公司、服装大厦、地产公司等，在本市已经成为百强民营企业前五名了。古德宝本人在去年当选了市政协委员，她和市领导，市局、分局的领导都特别熟悉，她特别支持公安建设，去年她还帮助辖区派出所改造装修，今年又投资公安信息化建设，被领导夸赞是支持公安工作的优秀民营企业家。

古老四战战兢兢在一楼客厅等了足足半个钟头，他三姐也没下来，他知道三姐一定会破口大骂他是一个丧门星，不争气的东西。

四十分钟了，古德宝穿着粉红色的睡衣出现了，她身材匀称，皮肤细腻，好像用牛奶泡过一样，眼神明亮，带着一股贵妇人的福相，根本就不像46岁的女人，打眼一看也就30来岁的样子。

“你又惹什么祸了，大半夜地跑过来，你就不能让我省省心吗?”她点了一支香烟，坐在了奢侈品牌的真皮大沙发上，慢条斯理的，一眼也不看她这个嬉皮笑脸的弟弟。

古老四满脸堆笑说道:“我的亲姐姐，我没有给您惹祸，咱们豪门娱乐总汇的业务经理阿敏被人给杀了，听说脑袋和身子都分家了，太恐怖了。这不，公安局又找上我了，我什么都没有干，就是跟她那个了。”

古德宝先是一惊，立马把翘着的二郎腿给放平了，修长白皙的双腿紧闭。她吸了一口香烟，慢慢地吐着烟圈，若有所思地看着面前这个丑陋的亲兄弟，直看得古老四浑身发麻。

“阿敏是你找人做的？”古德宝突然稳重地扔出了这么一句话，吓得古老四赶忙跪在地上：“姐，不是我，不是我，我们俩还挺好的，我喜欢她，哪舍得做了她。您看，您都怀疑起我了，警察也一定是这样想的。”古老四脸色煞白哀号地说道。“不是你做的她，怕什么？你实事求是和警察说清楚呗。行了，赶紧回家吧，我累了一天，该休息了，你走吧，自己的事自己扛。”古德宝下了逐客令了，古老四还想赖着不走，试图洗白自己。古德宝不耐烦地让保姆刘姐把他撵出了客厅，她扭动着丰满的臀部回卧室去了。古老四心里想，要知道你现在这么无情，还不如自己当“老大”了。

古老四很尴尬地走到了别墅院子，感觉秋天的天气有些寒冷得像冬天了。一片枯黄的梧桐叶落在了他的头顶，吓得他赶忙钻进了宝马轿车里，他慌乱地对着司机穷凶极恶地说道：“开车，回家和瘸子睡觉。”

古老四就是这么一个混蛋东西，他经常哄骗妻子杨彩芬说，什么公司业务太忙了，要不就是出差呀，有时候干脆就说出国了，那样他就可以天天在外边风流。尤其是女儿在外地上大学后，他更是变本加厉。可怜善良的杨彩芬经常是在家里独守空房。

再说，古德宝走进了二楼豪华的大卧室，立马就扑倒在一个青年男子的怀里，开始了他们浪漫的爱情，幸福的男欢女爱后，他们又开始了低语聊天。

这个神秘的男子就是彭旭日。他不仅是这位古三姐的司机、保镖，而且还是她的小情人之一。自打彭旭日入住这里，古德宝还把这间卧室称为“鸳鸯阁”。这个彭旭日不仅模样英俊、嘴甜，在床上更是能让这个女强人感受自己娇柔的一面。古德宝对这个男人是真心的，不是假面具表演式的爱情，她这一次投入了真情。

第三章

慕忠诚几乎是一夜未眠，天快亮的时候，他迷迷糊糊感觉到，他似乎认识洪爱敏，又似乎与她不相识。他又看到了古德玉那张癞皮狗似的嘴脸嘲笑地看着他，不服气地从看守所里出来，若无其事地冲着慕忠诚喊叫着“拜拜了，您嘞，慕大队长，下次见”。他挥舞着沾满铜臭的手，吹着口哨，露出烟熏的大黄牙，冷嘲热讽地给慕忠诚做了这样一个手势，说了这么一句话。

慕忠诚惊醒了，魏长明站在了他面前。慕忠诚说道：“怎么，你也没有睡觉？今天你和李志刚分别带着兄弟们继续展开地毯式侦查，从洪爱敏住处、豪门娱乐总汇两处入手，我去见古德玉，他再不和我见面我直接找古德宝去，非得把他揪出来。”慕忠诚从魏长明手里接过早餐，狼吞虎咽地嚼起来，“咕咚”“咕咚”喝了几口豆浆，饿得像好几天没有吃饭一样。他觉得大饼油条是最好的食物了，虽然妻子总是不让他吃油条，说不健康，可是他从小就吃惯了，几天不吃真的很想。

慕忠诚把自己的想法和工作部署向黄局长进行了汇报。黄局长同意他的意见，让他立即展开工作，还特意叮嘱让分局指挥室的关天一副主任陪他同去。

关天一，32岁，中国人民公安大学毕业，精明能干，言语表达能力相当强，据说，他在大学期间曾获得全校演讲比赛第一名。而且他善于察言观色，有着高智商，这是黄局长的介绍。关天一在派出所工作了一年，后来一直在政治部秘书处研究科、宣传科担任了五年的正、副科长，也是昨天才调任分局指挥室副主任的岗位。他是慕忠诚的小学弟，慕忠诚是比他高十三届的师兄。要说呢，他也算是慕忠诚的老部下，他毕业的那一年就在慕忠诚当所长的天山路派出所实习，不过慕忠诚对他的印象不是很深，他好像在所里没有几天就被政治部、指挥部，还有公安文联借调帮忙，一年后就再也没回到派出所。他就是挂名在基层，其实一直在机关发挥他的特长——能说会道，写写画画。这是慕忠诚心里想的，他还悄悄地问过黄局长“这是哪家的少公子”，黄局长批评他胡思乱想。

关天一打电话和古老四联系，古老四关机，给豪门娱乐总汇经理打电话，谭少亮磕磕巴巴地搪塞说没有看见老板。慕忠诚有点不耐烦了，说道:“别搭理他，咱们直接去德宝商贸集团找古德宝去。”

德宝商贸联合责任有限总公司，坐落在本市中心区的众利写字楼，这栋73层高的建筑也是本市的标志性建筑物之一。这栋高档大气的楼宇是市城投集团和德宝集团合作开发的，古德宝租了这栋楼的43层至73层的所有房间作为她的集团公司本部，古德宝的办公区域在50层。她说，包租从43层开始，是因为她在43岁的时候完成了这栋写字楼的建设，包租到顶，是因为等到73岁的时候她就退位，把总经理的位置让给大哥的儿子古晓德。她还说，她是临时帮助大哥代管企业，企业早晚归还给大哥的儿子，这是古家的企业，不能给外姓人继承。因此，大家都说古德宝仗义，虽然是一个女子，但是她更重情重义，是当代“穆桂英”。

古德宝听说新任分局副局长慕忠诚来了，赶紧亲自到43层大厅迎接，把慕忠诚迎进了豪华接待室。

两个人也是多次打交道的老熟人了。“欢迎慕局莅临我集团公司指导工作，多日不见，您又进步了，这是咱们区域安全保障的基础啊，您是我们老百姓幸福生活的靠山，更是我们民营企业的守护神呀。”古德宝稳重地夸赞着慕忠诚。

紧接着她开门见山地说：“我知道，又是我那个不争气的四弟给您添麻烦了。他昨天晚上就去我家了，我告诉他了马上去找慕局长，把事情说清楚，一定好好配合慕局长破案。同时我也了解了受害者的家庭情况，让他做好安抚家属工作，不能让老百姓流血又流泪了。受害者孩子的抚养费、学费都由公司出，包括孩子大学毕业后，如果愿意到公司来上班，我们接着。”古德宝一席诚恳的讲话，搞得慕忠诚只能频频地点头，慕忠诚好像是被害人家属在聆听领导的安慰。

慕忠诚发现这位古德宝董事长是越来越有女人的魅力了，

她不仅外貌大方得体，而且行事作风也体现出了领导者风范。慕忠诚冷静下来，笑了笑，说道：“感谢德宝董事长对我们工作的支持，同时也感谢你对我的赞誉，我们做的还很不够。社会安全还存在着诸多问题和隐患，当前开展了大规模的扫黑除恶斗争，一来是为了我们全市平安建设，让老百姓有安全感和幸福感，二来也是为了更好地服务像你们德宝商贸集团这样的大企业，让你们的企业能够安全有序地发展，为社会创造经济价值。”慕忠诚心里想，既然你开门见山，我也给你普及一下法律知识，尤其是“扫黑除恶斗争”。

其实古德宝也听出来了，她忙说道：“慕局，您讲得太好了，给我上了一堂法律常识课，一会儿我就给我四弟打电话，让他今天无论多忙都要到您局里配合您的调查工作。”

他们正在文明智斗的时候，关天一向慕忠诚耳语了几句，慕忠诚眉头绷紧。古德宝似乎看出了又有紧急事件发生，否则他慕忠诚皱什么眉头。

慕忠诚起身告辞，俩人又是客套了几句，古德宝破例把慕忠诚送到一层的大门外，就是区领导来了她也就送到43层，除非是市领导来了她才送到一层。

关天一向慕忠诚报告：华兴化工集团大楼门前又聚集了好几百名老职工讨要说法——为什么集团预留的扩建土地又让南发先那帮恶人给挖坑灌水，下了鱼苗和虾苗，这一帮恶人就是想侵吞公司土地。华兴化工集团保卫处报了警，派出所民警赶到了现场，现场还是一片混乱，黄局长让您先去现场控制一下局面，不能把事情闹大。

慕忠诚到了现场，看到了派出所的郑小贤所长正在与一个秃顶的中年男子理论着。那个中年男子一身建筑工地民工打扮，他大声嚷嚷着说道："你们警察想管也行，你们给我们损失费五百万元，我们立马停工走人。老百姓容易吗，他们化工厂占着茅坑不拉屎，还不允许我们老百姓找条吃饭的道，我们在这干了三年了，投资几百万了，没有人管，刚见点成效你们就说什么是工业用地，让我们滚蛋。滚蛋可以，拿钱来，拿钱来立马滚蛋。"

"对，滚蛋可以，拿钱来。"一帮看上去不三不四、油头粉面的男青年，夹杂着三个女人跟着起哄架秧子。

郑小贤所长无奈地说道："你们在没有告知企业的情况下，占用了土地是不对的，甚至是违法的，如果需要申诉补偿要和企业协商，或者找律师，到法院上诉。你们暂时停止一切非法养殖，否则我们要依法采取措施了。"任凭郑所长如何教育说服，这一群人还是我行我素，还有一台推土机，正准备再挖开一块土地，蓄水养殖牛蛙了。

慕忠诚下车看到这一切，早就按捺不住心中的怒火，他一直在压制着自己。高鸿儒副局长在慕忠诚的任职会议后，还与其谈到了：当了分局副局长了，在各方面更要严格要求自己，尤其是火爆的侠义的脾气，更要控制。他还告诫慕忠诚，要依法行事，不能冲动武断。

慕忠诚悄悄与关天一低语交代了任务，之后，走到了那个秃顶的中年男子面前说道：“南发先你怎么不听劝阻呢，上次告诉你了，要好好和华兴化工集团公司信访办的领导商量，妥善解决，不许再开展相关新的业务了，把这一茬鱼虾卖了，就撤离现场，你怎么就是不听劝呢。”慕忠诚的话柔中带刚，说得这位南发先无话应答。

这个时候一个年轻的小伙子窜了出来，满不在乎地冲着慕忠诚骂道：“你他妈谁呀，赔钱，不赔滚蛋。”他的话音刚落，慕忠诚一个擒拿翻手腕，就把那小子摁倒在地，那帮不三不四的小青年刚想上前发泄，被南发先制止住了。“呦，慕局来了，这是犬子，您先放了孩子，他混蛋不懂事。”他态度急转弯，客气地对着慕忠诚说。

这个时候公路上响起了警车的鸣笛声，一排黑色的特警车向这里奔来。

再看慕忠诚一手摁住了那个不自量力的小青年，一手掏出了92式手枪，指着那一伙人说道：“我是公安局慕忠诚，你们给我听好了，这块土地是国家的，从现在起谁再敢非法占用这块土地，看看我手中的枪答应不答应。在场的民警都给我打开执法记录仪，各位在场的老少爷们儿也都做证人，我们开始依法执法，维护社会治安，保护企业合法权益。”这帮人当场都傻了眼，在场的公司保卫干部、保安，还有一些看热闹的群众激动地鼓起了掌。这一幕就像电影大片里演得一样正义过瘾。

分局特警支队向慕忠诚报到，慕忠诚大声说道：“南发先，让你的人都跟我回局里，把情况说清楚，等待后续依法处理。”

慕忠诚把第一个滋事的小青年交给了特警队员，还冲着他说道：“你小子就是南发先的儿子南武吧，绰号‘南霸天’，绰号够亮。我听说你现在还在取保候审阶段吧，得，你也别取保了，进去吧。”南武被押进了警车里，其余的13个人，连同南发先一起被带入警车。

第四章

南发先一看慕忠诚动真格的了，他在警车上就撒开了疯，要起了无赖，说什么慕忠诚拔枪要杀人了，他是黑社会老大呀，不让老百姓活着了，快救救我们穷苦的老百姓吧。好在警车上一车的警察都不听他胡乱嚷嚷，他也只能嚷嚷给警车上他的同伙们听。外边警灯威严地闪烁，警笛正义地鸣响，谁又听得到他的叫嚷？

警车驶进分局大院，他左看右看，觉得自己白忙乎了，而且口干舌燥，心虚发怵。他想，一进去，慕忠诚就会给他几个大嘴巴子。

南发先，男，52岁，无职业，曾经因为盗窃、强奸被判刑，其妻子在他入狱后与他离婚。他们有一个儿子，名叫南武，25岁，在古老四手下打工，没什么正经工作，就是鞍前马后跟着古老四当个跑堂的“碎催”。南武小的时候，南发先在蹲监狱，他就由他大姑带大，从小和南发先一样偷鸡摸狗，成年后也是欺男霸女，还染上了毒品，被收教了半年，出来后和古老四搭上了，最后竟然当了古老四的干儿子。这次又因为在豪门娱乐总汇动手打人被刑拘了，目前古老四正出面给他办理取保候审。

慕忠诚把他们一伙人交给了特警支队，并布置了工作：先给他们录下口供，同时让派出所郑小贤他们寻找目击证人录口供，固定证据，等待处置。

慕忠诚来到了会议室，黄局长和其他领导班子成员都到齐了，黄局长对当前的形势进行了分析，传达了市局党委和区委、区政法委领导的工作要求和指示精神，同时针对近期辖区发生的重大案件，以及几起敏感的事件又听取了分管领导的详细汇报。最后，黄局长针对今天的两起事件又强调了纪律，一定要按照法律公正执法，不要给一些别有用心的人留下话柄，更不能违反纪律，他说到这里特意看了一眼慕忠诚。

散会后黄局长把慕忠诚叫到办公室说道："慕局，你新上任副局长，今后行事一定要多动动脑子。今后再调动警力的时候，要提前向我汇报，不要惹出事端。另外，把南发先那一伙人教育一通，先放了吧。"

慕忠诚早已料定他的举动会招来非议，可是当时的情况不那样震慑一下南武那帮小兔崽子，我们人民警察还有什么维护社会治安、打击犯罪分子的尊严。

"黄局长，我知道，动这帮人你的压力大，因为他们都有后台，一定又是德宝商贸集团有人给你施压了吧，还是上边……"慕忠诚用食指指指天花板，他就这样直截了当地和黄博文局长说。

“你呀，改改脾气，我退休还指望你接班呢。”黄局长又心疼又无奈地说。

慕忠诚公安大学毕业后，就被分配到黄局长当所长的那个派出所，可以讲他就是黄局长的徒弟，老部下了。他心里知道师父为了当好这个区委常委、区委政法委书记，兼公安局局长的要职有多么的不容易，所以自打他到了刑侦支队，在处理一些问题上也是打了折扣的，这和他的初衷是违背的。大千世界，理想化的生活与现实又有多么大的差距呀。

黄局长平静地说：“你知道就可以了，我们市局、分局好多工作需要人家支持，人家通天呀。你这样做也没错，我听说那个姓南的小兔崽子竟敢当场骂你，他也直后悔，他说他不知道你是慕局长，你穿着便装，他以为你是企业干部，否则给他八个胆子，他也不敢跟你这个天不怕地不怕的大英雄慕忠诚叫板呀。算了，你还是集中精力把‘9·19’案件给我破了，这件事情交给治安支队和派出所处理吧。今天市局李局长到华兴化工集团老职工申诉现场了，还专门听了‘9·19’专案汇报，要求尽快破案，人命关天。”

慕忠诚走出黄局长的办公室，心情无比压抑，副局长刚当了两天，就这么复杂了，今后的路一定会更加艰难。已经下午两点了，早餐的油条大饼早已消化了，他打开抽屉，找了两块饼干，喝了几口冷茶水，算是今天的中午饭了。他打开办案笔记，又合上了，他不知道该如何处置这群人，副局长真比刑侦支队支队长还难当。

慕忠诚抄起电话联系了魏长明，直接到刑侦支队又听取关于“9·19”案件的进展。

魏长明他们一刻没停，调取了近一段时间的监控录像，录像资料不是不全就是模糊看不清，因为视频监控的摄像头被风吹日晒，鸟屎雨滴等污渍清理不及时遮挡了镜头。还有就是案发现场是老旧小区，摄像头安装也不到位，案发现场又是天井楼，死角多，根本就不能全方位监控。录像里只有洪爱敏出事那天凌晨3点多钟下班进小区回家的影像，之后这几天进进出出的好几百口人侦查员们大部分核查了，到目前没有新的线索，侦查员们还在继续奋战着。

魏长明又汇报了询问古老四的情况。今天上午慕忠诚和关天一从众利大厦出来，有一个多小时的时间，古老四就到了分局刑侦支队，他说找慕局长，是慕局长让他来配合调查他们豪门娱乐总汇中层干部洪爱敏被害案件的。魏长明几个人接待了他，他还假惺惺地抹了几滴眼泪，还说按照他们集团德宝董事长的要求，给死者的家里送了十万块钱的慰问金等，他边说边抹眼泪。魏长明他们还询问洪爱敏有没有仇家，有没有相好的，古老四也是摇头不知道，这小子总进出派出所，已经是老油子了。询问了半天没有一丁点线索，基本上都是已经掌握的情况，去豪门娱乐总汇侦查的同志回来，也没有发现有价值的线索。

慕忠诚有一种强烈的预感，他突然站起来和魏长明说道：“今天必须见到古德玉，这个古老四一定有秘密，他不一定是杀人凶手，但是他有不敢说的真话。长明，你带着弟兄们继续侦查线索，让关天一跟我去豪门娱乐总汇。”

到了豪门娱乐总汇已经是傍晚7点钟了，刚才在路上，母亲还打来了电话，说昨天没吃上三鲜馅的饺子和甜咸月饼，都给他留着了，如果能回家吃一点再忙工作也可以。慕忠诚放下母亲的电话，他的眼角有些湿润了。他和妻子也只能是微信联系一下，和儿子慕占军更是十天半个月不见一次面，就是回家也是深更半夜的，儿子也睡觉了。慕忠诚走的时间，要不就是半夜，最晚早晨6点也得走了，儿子天天上完课，还要上补习班的课，也没有时间。爷儿俩一见面亲密一会儿，又会因为慕占军上大学的事儿和未来的发展吵架，弄得孙琳里外不好办。“儿子大了有自己的理想了，当爹的要多听听。”“你就惯着他吧，考公安大学有什么不好，学什么金融，大小伙子上军校也行。”最后，他和孙琳又会争辩几句。

其实慕忠诚是想让儿子考中国人民公安大学，今后接他的班，做一名人民警察。儿子不以为然地说，当警察太辛苦，整天不着家，纪律也太严了，还不能出国旅游。说到这里慕忠诚就要大声数落占军没出息，有的时候骂娘，儿子也是初生牛犊不怕虎地顶撞几句。之后孙琳和稀泥，说儿子不懂事哪能和爸爸顶嘴，也数落慕忠诚回家就和孩子吵，不能好好说话，这不是你们刑警队等。

慕忠诚走进富丽堂皇的豪门娱乐总汇，直奔古老四的办公室。大堂经理谭少亮赶紧跟在他们后面，说着奉迎的话语，他主要是想高声提醒古老四，慕忠诚来了。

慕忠诚在年初当刑侦支队长的时候，还带队到这里“扫黄”了，搞得他们停业整顿好几个月，后来也是古德宝出面找了黄局长才重新营业。

黄局长也是无奈地告诉慕忠诚，这是市里领导的指示，要保护民营经济的发展。有卖淫行为，他们并不知情，是个别坐台女子从外边带来男子搞男女违法行为的，最后也是不了了之。那次气得慕忠诚都顶撞了黄局长，原因是古老四那天喝多了，辱骂一名民警说：“在这么多漂亮的妹妹面前你不行吧，软蛋！你能把我怎么样？你们局长见到我三姐都要敬礼的！”正好让慕忠诚听到古老四挑衅的话，他上前不管三七二十一就抽了古老四一个大嘴巴子，还好没有录像，反正没有证据，古老四也没办法了。

最后德宝集团安保部总经理来了，以放了古老四为条件，他们也就不追究慕忠诚打人的事了。其实慕忠诚抽古老四大嘴巴子，也是给跟古老四在一起工作的员工解了恨，这小子平日里欺男霸女，一有新来的有点姿色的小姐，他就玩弄几天，喝醉了酒更是一个变态狂，他把小姐带到他的总统套间里随意糟蹋，大家是敢怒不敢言。他也有几个铁杆儿，比如他的干儿子南武纠集了一些刑满释放人员充当他的保镖，其实就是他的打手。

第五章

慕忠诚没等谭少亮给古老四通风报信，就径直推门进了古德玉的办公室。好家伙，他的办公室更加富丽堂皇了，足足有一百平方米，他窝在特大号的老板椅里就像一个肥胖的侏儒。

豪门娱乐总汇过去是华兴化工集团的大礼堂，过去这里可是无限风光的地方，电影《瓦尔特保卫萨拉热窝》《佐罗》《渡江侦察记》《少林寺》……一票难求。现在谁还到这里看电影呢，改革了，家家有了电视机，电影院成了古董。前年古德宝把这破落的大礼堂给租了下来，更名为豪门娱乐总汇，把它交给了古老四经营，一来也省得她这个四弟天天泡舞厅、洗浴中心，总是生出事端；二来她有的时候也在这里请请客、跳跳舞，娱乐娱乐，既节省钱，又能赚钱。

慕忠诚的到来委实让古老四一惊，他下意识地摸摸自己挨过抽的右脸，然后巴结地让座、递烟、点烟，还吩咐谭少亮倒茶，批评谭少亮不懂事，没有提前通知他，好在大门口迎接慕局。

古老四客气地问道:“慕局，您吃饭了吗?我这里也有厨子，要不咱到对面的大金海鲜酒楼，那也是咱家的，我大姐在那里经营。您放心，我给她付钱，我们是亲兄弟明算账，她带人到我这来消费，我也得收钱的。”

慕忠诚坐在豪华的真皮大沙发上，这一天的劳累忽然一扫而光，他感觉骨头都麻酥酥的了。他看了一眼古老四，肚皮还真咕噜咕噜地叫起来了，说道:“那好呀，我还真的饿了，中午就吃了几块饼干，你看让你的厨师给我俩一人来一碗面就行，也别整乱七八糟的，我可没有钱消费。标准一人五十元，一百块钱，你要是吃就一百五十元，我请客。”

古老四受宠若惊，立即吩咐厨房做面条，还特意叮嘱弄几个好菜。慕忠诚心里也在想，付钱吃他一顿面条，这样也打消他的防备，拉近关系，也能聊出些端倪。

“我说古德玉总经理，我怎么听说你和洪爱敏关系不一般呢，那套偏单是你给租的，我们可了解到你总往她那里跑，有这回事吗?”慕忠诚试探地问道。

“没有，您别听外边的传言，那套房子是我给租的不假，那不是关心员工嘛，她是我们这的领班呀。我就去过一次她住的地方，那不就是贫民窟嘛，我能去她那里嘛，您别套我话，我可害怕，她的死跟我真的一点关系都没有。我们俩是好过，都是她追我，我俩亲密过，就在我这，我不去她那里。”古老四狡辩地说着，他生怕哪点说得不对，让慕忠诚给逮着，那就不好办了。其实这几天他也派手下四处打听是谁害死的阿敏，他想给阿敏报仇，冷静下来，他又不想了，她死了也好，省得日后麻烦。

就在慕忠诚智斗古老四的时候，饭菜上来了，的确是两碗海鲜打卤面，外加四个菜一个汤，一只清蒸大龙虾、一条清蒸红石斑鱼、一盘蒜蓉清炒鸡毛菜、一盘虾仁独面筋，还有一人一盅乌鸡排骨红蘑高汤。慕忠诚真的饿极了，他冲关天一努努嘴，连话都说不出来了。他端起海鲜打卤面狼吞虎咽地往嘴里送，基本上没怎么嚼就到了肚子里，他真的是饿极了，忘了自己的身份，忘了自己的任务，狼吞虎咽地吃着。他的吃相让古老四有些摸不清了，他想，慕忠诚是玩迷魂计，还是真的饿疯了？古老四开始害怕了。关天一看到自己的领导都这个样子了，他也狼吞虎咽地吃了起来，他看慕局一筷子也没有夹那四个硬菜，也不敢擅自食用，不过他的眼神一直盯着那条清蒸红石斑鱼，恨不得一口就把它吞进肚子里，任凭它的鱼刺刺痛他的喉咙。

慕忠诚和关天一又把高汤一仰脖一口气喝掉了，他俩的狼狈吃相让古老四看傻眼了。他竖起了大拇指，连连夸赞道："慕局，人民警察为人民，我看到了，这个钟点了你们还这样饿着，佩服，佩服。"

慕忠诚的手机铃声响了，电话里魏长明紧迫地说道："快，慕局，还是洪爱敏这个小区，又发生了凶杀案，市局李局长、高副局长都到了现场，黄局长让你马上过来。"

慕忠诚听到后也是大吃一惊，马上从口袋里掏出了一百块钱，扔在了古老四的大茶几上，说道：“德玉老弟，我俩两碗面一百块钱够了，你没吃，高汤算你请我俩的，下次我再请你，小关咱们走。”

还没等古老四说话，慕忠诚和关天一就飞奔下楼，夺门而出，古老四和谭少亮都追不上。眼看着慕忠诚的车跑远了，古老四说了句，什么情况，玩儿我呢？

到了案发现场，这栋楼与洪爱敏被害的楼隔着两排，是29号楼501室，户型也是一样的。被害者是两名女性，她俩是合租在这个偏单的房间里，俩人是本市龙海洗浴中心的按摩服务员，其实就是洗浴中心的小姐。龙海洗浴中心也坐落在这个行政区域，归新海路派出所管辖，也是德宝商贸集团旗下的产业。

在新海路派出所里，李局长发怒了，他拍了桌子说道：“这是犯罪分子在向我们宣战挑衅，我们必须集中力量尽快侦破此案，市局刑侦总队与分局一起成立专案组，‘9·21’专案和‘9·19’专案既合并也要分别对待，千万别中了犯罪分子的圈套。现在老百姓人心惶惶，尤其是租户，以及在本市从事娱乐业的女性服务员。再让犯罪嫌疑人逍遥法外，我们人民警察的脸往哪放！同志们，我宣布，专案组长由高鸿儒副局长担任，副组长由黄博文同志和刑侦总队单怀斌副总队长担任，组成精干力量，随时向我汇报工作，破不了案子咱都别回家。”

会后，慕忠诚立即又赶到案发现场，市局刑侦总队的法医和分局法医唐静以及技术员们还在忙碌着。在现场慕忠诚一边和同志们细致地勘查，一边听取魏长明的汇报。

魏长明开始汇报——

死者是东北某地区某县城的无业青年，一个叫段依静，女，29岁，已婚，身高1.7米，她老公现在和老乡在深圳打工，过去在本市当保安，俩人没有孩子；另一个叫朱莉妹，女，21岁，身高1.73米，去年投奔表姐段依静来的本市，没有结婚，没有男朋友。这是刚刚派出所从外来人员临时登记本中查到的，黄局长已经安排我们一大队同志去龙海洗浴中心调查具体情况去了。

作案手段与洪爱敏案一模一样，两个女子的头颅被放在了化妆台上，脸色煞白，两具无头裸尸在卫生间跪着。报案人刘某也是发现管道处有向下流动的鲜红血迹，于是想起来前不久的女性被害案件，他就直接拨打110报警了。

案发现场和之前不同的是：这次在案发现场发现了几个烟头，而且两具尸体都有过性行为，段依静是生前发生的性行为，朱莉妹是死后发生的性行为。我们也提取了精液，正在与上次的精液比对，看看作案人是否为同一人，等结果出来就可以并案侦查。

……

正当慕忠诚听汇报，指挥处理现场，让救护车把尸体运往医院太平间的时候，在小区门口，一群居民拦住了慕忠诚他们。慕忠诚在天山路派出所工作过，一些老住户都认识他，一位老人说道："慕所长，现在是局长了，你可得抓紧把杀人犯逮住呀，我们住在这里的老百姓真的害怕呀。"还有的人说："慕局，外边还传说，这里有冤死鬼，说是被坐台小姐害死的，现在厉鬼报仇来了。慕局你们警察最好来我们小区巡逻吧，总这样死人，太恐怖了。”大家你一句我一句，越说越奇怪了。

慕忠诚安慰了大家几句，赶回了分局。

市局高副局长坐在会议桌的正中央，左右两侧分别是黄局长和单怀斌副总队长，其他同志围坐在会议桌周围。大家一边听着从龙海洗浴中心了解情况回来的一大队董军大队长的汇报，一边传看着段依静和朱莉妹的生前照片，以及相关询问笔录。

高副局长提了工作要求，还宣布了关于分局刑侦支队的临时任命。关天一同志任分局刑侦支队代理支队长，等待市局政治部考察，市局党委会研究通过后正式任命，慕忠诚同志不再兼任分局刑侦支队支队长。

慕忠诚当时脑袋一阵眩晕，他看了一眼黄局长，又看了看魏长明，他不知道发生了什么。怎么会是这样呢？他想，也许是近期接二连三的案件没有线索，上级对自己和魏长明的工作不满意，或许另有其他原因，可是魏长明是立过很多功劳的老刑侦了。

“高局，我想说两句话。”慕忠诚刚开口就被黄局长的眼神制止了。“什么事你说。”高局似乎不满意地说。

“没有了，会后再向您汇报。”高局看都不看慕忠诚，他心里明镜似的知道慕忠诚要为魏长明鸣不平。

“小董你接着说。”高局继续讲。

董军还汇报了：龙海洗浴中心的老板张佳展也是东北某地区某县某村人，和段依静也算是老乡。过去他在德宝商贸集团当过保安部的副部长，今年他承包了龙海洗浴中心，目前是龙海洗浴中心的法人，但是投资人是古德玉和张佳展两个人。

怎么又是古老四？慕忠诚又是一惊。他也认识这个张佳展，40多岁，1.80米的壮汉，听说在上学的时候练过拳击，因为伤人，跑到本市来了。他过去就是德宝集团看大门的保安，后来与古老四混在一起，那次古老四酒后寻衅滋事，也有这个小子的事儿，当时对他进行了行政拘留的处罚。出了拘留所，张佳展就被任命为德宝商贸集团保安部副部长，部长一直都由古老四自己兼任。

又是半夜了，散会后慕忠诚特意把魏长明叫到自己的办公室，和他一起聊聊天，谈谈心，他是怕魏长明有情绪。魏长明倒是挺想得开的，他讲，不当一把手责任还小了，破了案，给死者和家属一个交代，就是免了这个副支队长都没什么。他们又仔细地分析了连续发生的两起命案，表达了作为老刑警的自责和惭愧。

天大亮了。

第六章

慕忠诚在洗漱间里碰到了治安支队的孟支队长，慕忠诚问他：“怎么样，他们还老实吧？”孟支队长说道：“妈的，又一夜没睡，这个王八蛋南发先大半夜的又是推土机、又是挖掘机，他娘的，他又开辟了一大块新土地，都快到公路边了，他们这是疯了。”

“怎么，还弄了一夜？”慕忠诚问。

孟支队长回答道：“还不是郑所长和稀泥给他宠的，这次他主要是动手打了华兴化工集团的保卫干部和保安，之后他先报警，反咬一口。我们正录着口供，准备治治姓南的和他那个混蛋儿子，没承想领导来电话了，让把人放了，郑所长也不征求我的意见，说是上边领导让放人。老子白忙乎一宿，我们差不多把他们打人的事给问出来了，得，放人。最为可气的是，挨打的保卫干部和保安说了，他们是走夜路巡逻把脸摔伤的。慕局你说气不气人？慕局还是你厉害，拔出枪，最起码吓唬吓唬这帮不知天高地厚的东西。”

孟支队长说完，疲惫地回宿舍睡觉了。慕忠诚内心有一种不祥的预感，他不知道是谁有这么大的权力，任凭这些人胡作非为。他想到了，局里一定有内鬼，一定有人给他们通风报信，否则他们为什么这么嚣张，难道……他不愿意往下想，他还是相信领导。

关天一到慕忠诚的办公室来汇报工作，慕忠诚心里明白，他这是要求自己和他交接刑侦支队的工作。这几天关天一陪他调查线索，慕忠诚倒是对这位小学弟挺有好感的，像黄局长介绍的一样，他聪明能干、嘴甜，可是慕忠诚的四维空间告诉他，这个关天一哪里有些不对劲，他有一种莫名其妙的感觉，或许对关天一还是不够了解吧，慕忠诚安慰自己，听从市局党委的安排没有错。

慕忠诚参加完分局领导班子每日晨会，又向黄局长汇报了下一步工作方案，并把与关天一进行刑侦支队工作交接的情况作了说明。黄局长似乎也是无奈地点点头，让他好好做做魏长明的思想工作，一定要配合好关天一的工作，争取早日破案。

慕忠诚又到了刑侦支队，宣布了分局党委的决定，夸赞了一番关天一，针对“9·19”案件和“9·21”案件又进行了部署。各大队的同志们按照分工，又开始了新一天紧张的调查取证、深挖线索的工作。

慕忠诚请示黄局长，准备再次到德宝商贸集团找古德宝，了解龙海洗浴中心的有关事项。黄局长竟然不同意，让他还是从外围开展工作，不要乱猜疑，以免遭到市局领导，甚至市领导的批评，说公安局没有破案的本事，倒是有破坏本市经济建设的能耐。

慕忠诚只好执行黄局长的命令，还是从外围调查。

黄局长还叮嘱慕忠诚，要多带带关天一，他毕竟刚到刑侦支队，业务不如魏长明，他年轻、经验少，尽量不让他单独率队办案，最好能跟在慕忠诚身边。在分局吃过午饭，慕忠诚和关天一一起到龙海洗浴中心找张佳展了解情况去了。

看到慕忠诚和关天一找过来，张佳展很是客气，保证坚决积极配合公安机关开展案件调查工作。他还介绍，段依静和朱莉妹姐俩都是东北来的老乡，虽然只是姨表亲，但是关系比亲姐俩还亲，用现在的话说，就是闺密。

慕忠诚询问段依静、朱莉妹姐俩和古老四有什么瓜葛的时候，张佳展脸色有些发白，说起话来磕磕巴巴，他思考了片刻才回答“不知道”“不清楚”这几个字。关天一在旁边又紧接着问道：“这个洗浴中心到底是你的，还是古老四他们家的？段依静姐俩和你有没有关系？”关天一急切地逼问，让张佳展更紧张了，不像刚开始的时候还端着个总经理的架子。关天一还是步步紧逼，质问张佳展：“我告诉你，我们到你这来问话是客气的，不老老实实交代立马把你抓到刑警队去，那样性质可就不一样了。”关天一现在的表现和前几日相比大不相同，慕忠诚似乎刚认识眼前这位分局刑侦支队的代理支队长，他冷静地听着关天一的询问。

张佳展似乎早就认识关天一，而且他见到关天一就像老鼠见到猫一样。“他俩是不是演双簧啊”？慕忠诚内心疑惑着，他的直觉又一次提醒他“关天一不一般”。但是他表面还是表现出很欣赏关天一的样子，顺着关天一的问话又补充说道：“关支队长说得没错，要不然我们给你口头宣布传票，请你到公安机关协助调查，毕竟受害者都是你的员工，你有责任配合我们开展侦破工作，你说呢？”

被关天一和慕忠诚这么一前一后地询问，张佳展真的害怕了，他的额头开始冒汗，脸色也开始泛红。他颤抖着道：“谢谢关支队长，谢谢慕局，我说，我说，我是对朱莉妹有过不轨行为，但是她不同意，我也就不敢再强迫她了。过去我和段依静好过，现在她也不理我了。我们都是工作关系，别的没有，可以说无仇无怨，就是男女那点事儿，但是没有出圈。而且我们都是老乡，出门在外就应该相互照顾，我绝对没有害她们呀。她俩被害的那天我是去过她们家，那是，是段依静让我给她们交房租的，她们的房租是一个季度交一次，这不该交第四季度房租了，我是下午两点去的，两点半就回来了，您知道我这里好一大摊活，真的，两位领导。”

关天一听到张佳展的陈述后，像打了鸡血一样兴奋，他出去打了一个电话，回来就对着同行的两名侦查员低语说道：“把刚才询问笔录都记录清楚了，让他签字摁手印，我已经安排了，一会儿一大队他们过来办手续，把他带回队里讯问。”关天一的举动让慕忠诚有些摸不清了，主管副局长坐在这里，他非但不请示，还自作主张要逮捕张佳展。

窗外警笛声越来越近，这个时候关天一才和慕忠诚汇报，他觉得张佳展行为和话语可疑，经电话直接请示，黄局长同意先把张佳展控制起来，以免他逃跑或是串供。慕忠诚真想抽他几个大嘴巴子，这个不知天高地厚的东西，把他当空气了，直接向上级汇报，连和慕忠诚商量的余地都没有。慕忠诚强压着怒火，当场给黄局长打通了电话，黄局长也很坚定地说："是我的意见，小关做得对，我同意你们把重点嫌犯控制起来。"

就在慕忠诚和黄局长通电话的时候，关天一大喊一声："抓住张佳展，别让他跑了。"再看，张佳展趁慕忠诚他们放松警惕的时候夺门外逃，与刚进屋的侦查员们撞了个满怀，张佳展推开民警们，继续逃窜。在关天一的带领下，民警们一拥而上追着张佳展，张佳展的办公室在洗浴中心三楼办公区域的正中间，他一直跑到了卫生间，后面关天一他们也跟着跑过来了，他们把张佳展逼得无路可逃了。张佳展情急之下，推开半开着的窗户，纵身往下跳，说时迟那时快，关天一也一个箭步冲了过去，抓住了张佳展的皮鞋，皮鞋在关天一手中，张佳展的脑袋狠狠地砸在窗外的马路便道上，一地鲜红的血液流淌着。张佳展横躺在地面上，吓得便道上的行人驻足闭上了眼睛。

慕忠诚大喊一声冲到楼下，他都没有来得及挂断黄局长的电话，手机听筒里还传来黄局长的问话："喂，慕局，慕忠诚，你那里怎么回事？发生什么情况了呀……"慕忠诚哪顾得上回答黄局长的问话，他冲到张佳展身体旁，伸手一摸张佳展脖子处的静脉，他已断气身亡。

关天一吓得魂飞魄散，他看着慕忠诚一言不发。慕忠诚恼怒了，挥舞着拳头命令他：“你他妈的指挥呀，混蛋！快！打120救人——你们几个维护现场——你打电话报市局110，立即报告市局领导和分局领导——你联系派出所增援警力——你俩控制好这里的职员。”

关天一傻了眼似的跟在慕忠诚身后，吓得他还没有还魂似的。他想向慕忠诚承认错误，或者让慕忠诚打他几拳，踹他几脚，他知道这次死人了，他的责任极大。

第七章

分局会议室里，气氛有些紧张，市局李局长亲自坐镇现场指挥，其他相关警种一把手都到了，就连区委、区政府的主要负责人也都赶到了。

李局长先作了讲话：“同志们，再有一个星期就是我们的国庆节了，我们要确保本市社会政治稳定，治安秩序稳定，可是当前两起重大刑事案件，三名被害者，至今没有破案，甚至没有一点线索，刚刚又发生了一个犯罪嫌疑人跳楼事件，这充分证明我们的工作还存在着漏洞，我们的技术手段还存在着短板。‘人命关天，命案必破’，这是我们的口号，更是我们的决心和必须要做到的，我在市委、市政府是立下了军令状的，我们是给全市老百姓承诺了的。同志们，国庆节前命案破不了，刑警的脸面就丢尽了。下面就请博文局长汇报一下‘9 · 19’案件和‘9 · 21’案件情况吧。”

黄博文局长把“9 · 19”案件和“9 · 21”案件发生以来分局上上下下在市局的坚强领导下，夜以继日的工作情况全面详细地进行了汇报，同时把今日掌握的线索也简要地进行了说明。黄局说，相关情况会后他再向李局长单独汇报。

其他警种主要负责人也结合分工进行了简要汇报，区委、区政府的领导和黄博文局长还做了深刻的检讨。

在这种场合的会议上，慕忠诚基本是没有发言权的，而且他能坐在这里的第三排，已经是很可以的了，一般一把手会议副职是不能参加的。

就在会议快要结束的时候，高鸿儒副局长讲到，请李局长作最后的指示。话音未落，分局万政委和法医唐静，以及关天一风风火火疾步进入了会议室，万政委在黄局长耳边说着情况。李局长看了看他们神秘的样子，说道："万政委，是不是案子有线索了，大声讲出来，不用黄局长再重复了。"

"是，李局，下面由分局法医唐静同志汇报一下，经过现场勘验和相关证据证明，张佳展有重大犯罪嫌疑，他可能就是这两起案件的凶手。"唐静站在万政委身后，向前挪了几步，给各位领导敬了礼，稳重地说道："报告李局，各位领导同志们，经过我们刚才在现场对张佳展的尸体勘验，以及提取其精液比对，可以证明他就是和三名被害女性发生关系的男人。不过他现在已经跳楼身亡，还需要进一步获取证据证明张佳展就是凶犯。"

关天一站在唐静的身后，似乎他又成了英雄似的，频频点头，还不时地向李局长点头微笑，李局长眼睛眨了一下，没有任何表情。此时，慕忠诚的四维空间提示自己，他俩不仅认识，而且是非常熟悉的关系，慕忠诚不知道为什么一见到关天一就会联想到他和市局领导有着微妙的关系。

慕忠诚听着老同学唐静的汇报，她说张佳展的精液和死者女性阴道内存留的精液是同一个男性的，也就是说三个女子都是张佳展先奸后杀，或者说洪爱敏、段依静是自愿与他发生性关系后被害的，而朱莉妹则是被先奸后杀。

慕忠诚似乎又要激动，他用眼睛紧盯着唐静，唐静一丁点余光都不给他。慕忠诚完全崩溃了，就像大地震后被埋在了倒塌房屋的废墟下面，他无法喘气，像要断气了一样。

“太好了，黄局长你们抓紧补充证据，尽快破案，给全市人民交代，给市委、市政府一个满意的答卷，顺利完成‘命案必破’的宣言。”李局长又针对性地对国庆节期间的相关工作提出了要求，临走的时候他满脸微笑，和刚来的时候判若两人，也许破了系列杀害女子案件他的压力就会减轻一些吧。

慕忠诚和唐静不仅是大学同学关系，唐静还是慕忠诚的初恋。俩人是同年同月生，唐静比慕忠诚只大了二十天，俩人在上大学的时候互生爱意，他俩的爱情一直长达五年。毕业后俩人先是都被分配在了分局刑侦支队，唐静是学法医的，自然干本专业，慕忠诚在刑侦支队三年，便被调任天山路派出所任副所长了，也就是在慕忠诚调到派出所的前一年俩人分手了。分手原因表面上是唐静父母不同意，嫌弃慕忠诚家里孩子多，生活条件差，唐静父母怕女儿嫁到他的大家庭里受苦，希望唐静找到门当户对的家庭。

慕忠诚家里五个兄弟姊妹，慕忠诚有一个哥哥、两个弟弟、一个妹妹。他父亲慕方钢，是一名陕西籍退役军人，当年是随部队集体转置到本市公安机关的，是在河东分局基层派出所工作了一辈子的老民警，退休后，在家里买菜做饭，慕忠诚母亲给儿女们看孩子。七年前，他父亲慕方钢因病去世。

说到父亲慕方钢去世，慕忠诚真的对不起父亲。在他从外地抓捕犯罪嫌疑人回来的火车上，妻子孙琳打电话告诉他，爸爸不行了，想见他一面，然而当慕忠诚火急火燎赶到医院的时候，父亲已经微笑着闭上了双眼。他母亲告诉他，父亲临终前告诉几个兄弟姊妹："今后你们几个孩子要照顾好你们的母亲，一个女人生育五个孩子不容易。老二慕忠诚是人民警察，他从小听话、懂事，你们要听他的，遇事多和他商量，安全健康地生活。"

那是一个临近清明的日子，慕忠诚的父亲走完了七十四年平凡而又光辉的生命，他留给慕忠诚的就是一身的正气。

那天慕忠诚跪在父亲面前，冲着老父亲使劲地磕头，把额头都磕出了鲜血。为了让儿女们安心工作，五个儿女的孩子全部由两位老人照顾，街坊邻居都喊慕忠诚父母是幼儿园自带工资的老师。

慕方钢总是笑着说，自家孩子就得自己看着，儿女们才能放心好好干事业，他俩也算是老有所用了。

其实唐静和慕忠诚分手的真正原因，是唐静任某区副区长的父亲唐伯理把自己的女儿介绍给了当时市里高毅副市长的儿子高鸿儒，也就是现在的市局高副局长。高鸿儒今年52岁，比唐静大7岁，是一名现役部队某团团长转业的领导干部，当时和唐静结婚的时候，高鸿儒还是部队的连长呢，后来转业到了公安局，开始在分局任政委，后来任分局长，两年前当上了市局副局长。据说，下一步就要接替李局长任市局的一把手了，唐静作为高副局长的妻子为人很是低调，如果不是高副局长，唐静也许早是某处的副处长了，不过她喜欢相夫教女的生活，她觉得这样也挺好。他们的女儿也出息，上高三的时候就出国读书了，现在上大学二年级，学习成绩优秀，平日里就是他们两口子生活。慕忠诚和唐静俩人的那段爱情高副局长是听说过的，他也是装傻，虽然什么都不提，心里对慕忠诚多少还是有些吃味儿的，尤其是慕忠诚和唐静两个人在一起的时候。为了家庭，唐静尽量不接触慕忠诚，如果高副局长在场，她都不去看慕忠诚，免得高副局长回家发起“酸”劲儿，搞得唐静还要说明原因，要不然高副局长一个月都不回家，也不搭理唐静。

唐静结婚后，慕忠诚痛苦了一大阵子，他拼命地工作，他想不通四年的朝夕相处，就因为父母的一个决定，就因为一个高干的儿子，就会让她改变了初衷。女人的心思他真的不懂，海誓山盟的话语，毕业那年的初吻，让慕忠诚感受到了失恋的心酸。后来，在一次高中同学聚会中，他和孙琳联系上了，一年之后慕忠诚和孙琳结婚了。孙琳在市税务局工作，高中毕业后孙琳考上了本市财经大学，慕忠诚子承父业考取了公安大学，不过上学的时候他俩基本没有说过话，慕忠诚对孙琳印象其实不深。不过缘分的事情谁也说不清，迷信一点就是上辈子互相欠的情，这辈子要还，上辈子没有缘，这辈子在一起也会分离。

唐静文雅大方，1.65米匀称的身材，戴着一副金丝边的眼镜，说起话来细声细语的，白白净净的皮肤像是从牛奶里泡过一样，反正是男人看见了都会产生一种怜香惜玉的感觉。

孙琳戴着一副黑边眼镜，一看就是贤妻良母式的女人，中等身材，特别孝顺，把自己的全部身心都献给了慕忠诚和他们这个家。她为了支持慕忠诚工作，在慕忠诚父亲病逝后，不让慕忠诚母亲操劳再看着儿子慕占军，她毅然决然放弃了在市税务局的职位，主动到离家近的基层税务所工作，这样加班少，可以接送儿子，还可以照顾家。

慕忠诚和唐静分手后，除了工作关系说话，平时很少说话，他俩的恋情曾经也很隐蔽，基本上没有多少人知道，后来分手也是悄悄的。再者唐静的老公还是现在的高副局长，谁敢公开开慕忠诚和唐静的这个玩笑。

慕忠诚真的想不通，这个案子就这样草率地定性了。今天在龙海洗浴中心与张佳展了解情况时，他觉得关天一特别的反常，就像他把案子破获了一样，而且直接电话请示黄局长抓人，包括黄局长为什么突然把关天一交给自己带着，然后又急匆匆地认命他为代理支队长，他到底是什么来头呢？过去在派出所的时候，慕忠诚觉得关天一是挺好学、挺懂规矩的一个青年民警，没承想自从代理支队长后像变了一个人似的，他急功近利，好大喜功，总是突出表现自己，甚至有一种目空一切的感觉。

慕忠诚手机《空城计》的铃声又响了，是妻子孙琳打过来的，孙琳哽咽地说道：“慕忠诚，妈病了，住院了，这次挺重的，你请个假赶紧过来吧。”慕忠诚听到孙琳的话，知道母亲一定是病得很重了，不然她不会告诉慕忠诚的。慕忠诚父亲生前叮嘱过家人，不到万不得已，不要让慕忠诚分心，他干的都是要命的事。

慕忠诚来到了黄局长办公室，黄局长一见他就说道：“慕局，我知道你来的目的，是不是对唐静他们下的结论表示怀疑。”

“不完全是怀疑，既然勘验鉴定是张佳展的精液，最起码和他有关联，至于他是不是凶手，仅凭他的精液还不能完全证明，我们不能让真正的凶手逍遥法外。再说，张佳展说过他两点去过被害人家里，两点半就离开了，是有证明人的，魏长明调取门卫录像，他的确是两点半走出了小区。”

慕忠诚一提起案子就忘了一切，正当黄局长递给他一支香烟的时候，他突然想起了刚刚孙琳的电话，说母亲病重的事。他赶忙说道：“黄局长，有您和市局领导的正确领导，还有科学的勘验，我相信一定能将犯罪嫌疑人绳之以法，我是来和您请个假的，我母亲住院了，我去看看，没什么大事，我立即回来。”

“好，好，你赶紧去看看你母亲，这里的事有我和万政委，你忙，有需要的话告诉我，给老母亲请一个好的专家看看。问老人家好，等我这忙完，我和万政委一起去看你母亲。”黄局长放下手里的香烟，催促他快去医院。

慕忠诚谢过了黄局长，急忙驾驶自家车向市第一中心医院开去，在路上他的四维空间又在作怪了。黄局长听说慕忠诚母亲病重住进了医院，要请假，正好，准假，想说的话也就不再说了。市局领导给黄局长下命令了，鉴于张佳展的突发死亡，作为分管刑侦的局领导是有责任的，特别是慕忠诚还在现场，让慕忠诚暂时不要参与此案调查，案子由万政委率领关天一等人找证据，慕忠诚去市委党校参加学习培训。黄局长想，既然慕忠诚母亲病重，学习班的事也先放下吧，让政治处请个假，原本这一期也没有他，是市局临时定的。

第八章

医院电梯门口堵满了人，慕忠诚心急火燎，他索性快速爬到了医院的十二层病区。进了病房看到母亲消瘦的脸庞，他急忙跑了过去，紧紧地握住了母亲的手，把头埋在了母亲的怀中，就好像一个孩子受到了委屈一样，竟然呜呜地哭出了声。是呀！无论你多富有，无论你官多大，到什么时候也离不开母亲呀。

这一天下午，还有这一夜的时间，慕忠诚和母亲回忆了好多好多小时候的事。他清楚记得那年夏天他上小学，星期二下午没有课，他带着刚上学的妹妹去派出所找父亲写作业，路上正碰上母亲给车队的同志买防暑降温的“果子露”，兄妹俩看到母亲急忙喊着扑了过去，他们看到了母亲手里拎着的冰镇罐子，红扑扑的小脸蛋更加通红，妹妹直咽口水。母亲说，这是给叔叔阿姨的，妈妈不能给你俩喝，去，找爸爸去，爸爸那里有凉白开，等下次妈妈再给你们做冰镇水。母亲说到这里，泪眼蒙蒙，慕忠诚也笑出了泪花。

……

从昨天下午到今天上午10点，慕忠诚的电话异常的安静，除了孙琳打来的两个电话，分局的电话一个都没有，就连魏长明也没有打电话来，这小子没事还要打电话说些闲白话，两天了，他竟然也没有电话，慕忠诚很不适应。他和母亲吃过早饭，给母亲揉揉背，母亲似乎也看出慕忠诚在工作上遇到了困难和麻烦，她不问儿子，她相信自己的儿子是对的。

“慕局，伯母好。”魏长明憨厚的语气，慕忠诚是再熟悉不过的了，来人正是魏长明副支队长和一大队董军大队长，以及几名刑侦支队的侦查员，他们都是刑侦支队的骨干力量，和慕忠诚都是经过了生死考验的亲密战友。

慕忠诚只有一天没在分局，不知道怎么了，就好像很久没有和同志们在一起战斗了，他们拥抱，紧紧地握手，红红的眼圈诉说着心里的无奈。大家问候了慕忠诚的母亲，董军还给慕忠诚的母亲削了一个苹果，他们和老母亲聊了好多社会上的新鲜事。

魏长明在一旁和慕忠诚汇报了今天上午高鸿儒副局长带着政治部的领导来分局宣布任命，首先任命了单怀斌同志为分局副局长，主管刑侦支队和法制支队，以及联系相关派出所。慕局，你调任市局禁毒总队副总队长的职务。关天一被正式任命为刑侦支队支队长，市局还派了一名老同志担任刑侦支队政委，领导还表扬了关天一机智勇敢，破获了本市两起重大杀人案件，分局正在给他申报一等功。

“妈的，这小子把张佳展给逼死了，责任让慕局担，什么事儿。慕局我申请去派出所，不干了，窝囊。”董军发泄着内心不满的情绪。

“是，慕局，大家都对这次对您的调整有意见。”另一个侦查员说。

“黄局长还没有找您谈话吗?”魏长明问没有说话的慕忠诚。慕忠诚苦笑了一下，摇了摇头。其实他早有预感，这次市局领导要动他，一来是他工作较真碰硬，有的时候还不给领导面子；二来他知道自己总是和德宝集团过不去，尤其是和古德玉过不去；三来又是他的四维空间的理解了，他和唐静在一起，有些人是不舒服的，所以现在他们会联手拔掉慕忠诚这个钉子。

“同志们，谢谢你们的信任，但是，我要批评你们，你们是跟着党干事业，是为党分忧，是为百姓服务，为百姓保驾护航，不能说不干就不干了，一不顺心就撂挑子，还是人民警察吗？入警誓言都忘了？特别是董军，你是大队长，更要好好干，服从关天一同志指挥，干好本职工作，带好队伍，你的情绪会影响大队侦查员的。”慕忠诚说完，重重地拍了拍自己的多年战友。董军点了点头，沉默着。

魏长明还汇报了也是刚刚发生的三件很意外的事。

第一件事，德宝集团高层领导在古德宝的带领下，举着十面锦旗来分局感谢来了，这个大民营企业家讲起话来温文尔雅、大方得体。她讲，感谢公安机关为民营企业保驾护航，使得企业能够更好地服务全市的经济发展，服务人民；感谢人民警察英勇作战，不到一周的时间就成功破获“9·19”案件和

“9·21”案件，给被害人一个交代，给社会一个安全的环境；感谢李局长、高副局长，还有黄局长、万政委、慕副局长以及刑侦支队支队长关天一等所有的同志们，有他们在老百姓就有安全感、幸福感。

魏长明继续说，她讲完这三个感谢，高副局长热泪盈眶，带头鼓掌，紧接着掌声热烈、此起彼伏，把机关大楼搞得比过年还热闹。之后，她还捐款两千万元，说是用来改造视频监控，关天一激动得都流了眼泪。

第二件事，昨天夜里又发生命案了，听到又发生了案件，慕忠诚一愣神，瞪圆了眼睛，抓住了魏长明的胳膊，急切地问，是谁？抓住案犯了吗？他就是这样，对自己的前程没有过多的思考，一有案件，尤其是一有命案，他比谁都更加关切，他知道人命关天。

魏长明继续讲，还是幸福道阳春里社区，晚上都9点了，有一个拾荒妇女在垃圾箱里翻找垃圾，这个时候一个醉汉从后面抱住了她，并把她拖到了附近的花池旁奸污了。拾荒妇女抱住他的大腿哭着讲，让他别走，她要报警，要不就给钱。这个醉汉恼羞成怒，双手死死地掐住拾荒妇女的脖子，给她掐得晕死过去了，然后一走了之。接到一个遛狗的中年男子报案，万政委和关天一带领民警赶到现场，经鉴定，拾荒妇女已经死亡。经过连夜奋战和调取监控录像，我们发现这个醉汉有点面熟，通过比对确认，录像里的人就是南武，关天一率队立即去缉捕他。南武正在他们占地养鱼虾池旁的帐篷里醉醺醺地大睡着，关天一轻易地就把南武带到了办案区，这小子还醉着呢，最后关天一急了，用冷水给南武浇醒了，南武自称，不知道发生了什么事。经过唐静鉴定，南武的精液和拾荒妇女尸体内存留的精液相同，现在已将证物送到省厅做最终甄别，现在关天一还在审问南武呢。不知道他怎么得到的情报，大家说了，他又要立功了，也许要突击提拔他当局长了，连升三级，就像明代天启年间的那个大地主儿子张好古钻了空子受大奸臣魏忠贤重用，又阴错阳差成了朝廷栋梁。

第三件事，就是关于“9·19”案件和“9·21”案件已经串并为一个凶犯所为，两起案件三名受害者，都是张佳展实施的杀人割头恶性案件，市局刑科所和相关鉴定机构都下了结论。另外还有人证，人证就是古老四和他手下那帮人，还有龙海洗浴中心的几个员工，说张佳展有几个时间段失联，和两起案件的作案时间相吻合，他们已经取得了张佳展的犯罪证据。

就这么巧，在“9·19”案件和“9·21”案件即将宣布破案的时候，古德宝送来了锦旗和信息化建设支援经费，她能掐会算呀，这么准。

听到这里，慕忠诚有些迷茫，同时又感觉到一股强大的势力，为捞取金钱不择手段，还有违背誓言、串通一气、危害四方的一些蛀虫帮凶。慕忠诚面对自己这些琴心剑胆的战友不知道怎么安慰他们，甚至不知道说些什么，更不知道如何才能给他们指明一个正确的方向。他只能说，你们听组织的，听党的。

送走了魏长明他们，已经到了中午，慕忠诚要给母亲准备午餐，他与母亲讲，自己到医院二楼食堂去买些饭菜，还问母亲想吃些什么。母亲微笑着说道："难得你能请假陪我一整天了，妈妈知足了，有工作你去忙吧，没有工作你就陪着妈，有保姆在，累了你就在妈妈身边休息会儿，咱娘俩说说话。"

秦阿姨去打饭了，慕忠诚坐在母亲的床头，又开始回忆年少的时候。小时候家里不富裕，为了和三弟争几块动物饼干，慕忠诚动手打了不讲理的三弟，现在他也后悔，觉得对不住三弟，现在三弟的嘴都有些歪，三弟说，就是二哥小时候打的。正在母子开心地说小时候的事的时候，黄局长、万政委和分局班子慰问慕忠诚母亲来了。他们基本都跟慕忠诚母亲相识，尤其黄局长，当副局长的时候总去慕忠诚母亲家蹭饭吃，尤其爱吃老人家做的羊肉末卤子手擀面，再就上几瓣蒜，每次撑得黄博文起码晚饭都不用吃了。

黄局长安慰了慕忠诚母亲几句，留下万政委他们继续和老人家聊天，然后开始语重心长地和慕忠诚谈心，与慕忠诚讲了市局党委对他工作的调整任命，同时也无奈地表达了对两起案件三条人命该如何破案的看法，还特别重点讲了古德宝和她的集团在本市的影响，以及昨天晚上醉酒后南武强奸并导致拾荒妇女死亡事件的基本情况。黄局长还和慕忠诚透露关天一是李局长的内侄女婿，并且告诉慕忠诚要绝对保密。

关天一也就是中秋节之前来到分局任指挥室副主任的，才几天的工夫就当上了刑侦支队支队长了。这不，分局党委给他申报个人一等功，奖励他近期屡破大案、不怕困难、顽强拼搏的精神。市局政治部专门派来全市有名的笔杆子——宣传处的王副处长采访他，要给他写一篇长篇报告文学，要把他的事迹推向全市、全省甚至全国。

黄局长讲的一切似乎都在慕忠诚的四维空间有了答案，只不过经过黄局长的证言证实了他的四维空间有的时候是有可信度的。慕忠诚吸了一口长气，说道:“黄局，我什么时候到禁毒总队报到?”“明天早晨你去市局，高副局长找你谈话，之后你听政治部的安排。”黄局长回答道。两位老战友虽然是上下级关系，但是他们情同亲人，还是师徒关系，两双大手紧紧地相握，四目满含深情，此时无声胜有声，他们彼此感应对方的心跳，有一种难以割舍的亲密战友情。

第九章

国庆节，五星红旗迎风飘扬，大街小巷洋溢着幸福喜悦的景象。全市社会治安大局稳定，武装特警的巡逻车行驶在马路上，人员密集场所三两人一组身着蓝色制服的人民警察守护着平安，十字路口交警忙碌有序地指挥着来往的车辆。慕忠诚搀扶着母亲行走在时代广场的中央，孙琳和慕占军说笑着紧随其后。

傍晚，在大金海鲜大酒店豪华总统套房里，王副市长，市局的李局长、高副局长，加上政府相关部门的领导，正在欢聚一堂。

古德宝这个女人真的不一般，三杯过后，又拿着一瓶茅台酒，端着小酒盅，围着圆桌面打了一圈。即便如此，她除了面带粉红，稍带酒劲，依然稳重得体，酒后也是一点不走样，倒显得更加妩媚动人了。包间里几个高挑的女服务生都是古德宝从大学里精挑细选的漂亮学生，古德宝说了，今天让领导们满意每人奖励一万元现金，以后毕业了想到德宝集团工作的，优先考虑。为此这些女孩子使尽了妩媚招术来满足屋里的尊贵客人。

过了午夜了，大金海鲜大酒店豪华包间的酒宴散了。在古德宝大别墅的“鸳鸯阁”里，有一位神秘男子在与古德宝美酒之后尽欢颜，他不是古德宝的青年司机彭旭日，他是堂堂的市公安局副局长高鸿儒。

高副局长酒劲基本上没有了，他半躺在真皮大床上，打开了暗黄的台灯，点燃了一支雪茄香烟，对着娇柔的古德宝说道：“我好久不来这里了，感觉有一股青年男子汗渍的味道，你又有新欢了？”

“别胡思乱想了，你还不相信我吗？亲爱的，要不你把我调到市局，天天守着你，省得你对着那些警花忘了我这个黄脸婆。”古德宝一边撒娇一边先礼后兵应对着高鸿儒。

“废话，我可是公安局长，你的一举一动，能逃得过我的视线吗？我不管你，不代表我不知道。近日来彭旭日那小子挺乖吧。”高鸿儒轻轻地吐着烟圈，瞥了一眼古德宝。

古德宝赶忙坐了起来，哀求说道：“老公，亲爱的，不是你想象的那样，他有时候给我按摩按摩，我哪看得上他一个穷小子，一个农村出来的土老帽。你别多想，我是忠诚于你一个人的，再说了，他不是你派给我的人吗？”古德宝搂住了高鸿儒的脖子，竟然哭出了声音。高鸿儒似乎一丁点也不怜香惜玉了，推开了她，说道：“这一点你永远赶不上唐静，你也就是床上比唐静带劲，论感情的事儿，你差得远了！好了，我走了，你好自为之吧，别让彭旭日成为第二个张佳展。”高鸿儒穿戴好衣服，走出了“鸳鸯阁”的秘密通道，开车回市局值班去了，这个时候已经是凌晨3点30分了。

古德宝愣愣地坐在床上，像丢失了魂魄，刚才高鸿儒的一番话让她毛骨悚然。她想到了洪爱敏、段依静、朱莉妹，还有张佳展的死，想到了三个女人的头颅摆在了面前，无头尸体跪在卫生间的惨状，以及摔死在马路上的张佳展，她害怕地环顾一下四周，也点燃了一支香烟。她回忆起和张佳展的日子，那是个体贴入微的男人，比她小四五岁，但是特别疼爱她，为了古德宝，他可以连命都不要。他甚至央求古德宝跟他结婚，他要和原配妻子马素香离婚，孩子都不管了，只和她过二人世界，这个可怜可悲的情种。古德宝冷笑着，眼泪悄悄地滑落，流到嘴里，咸咸的、涩涩的，她似乎想念这个男人了——张佳展。

想到这里，她立马起身，自言自语道："不能让彭旭日成为第二个张佳展。"古德宝拨通了彭旭日的手机，又摁下了。她关闭台灯，向窗外张望，生怕有高鸿儒的人盯梢，她真的害怕这个手握重权的男人。这个男人背后还有一棵大树，他的父亲——原副市长高毅。

没承想一个人影溜进了"鸳鸯阁"，他就是彭旭日。他刚要接古德宝电话，古德宝就挂断了，他知道那个阴险毒辣、表里不一的副局长走了，这是古德宝给他的信号。彭旭日作为古德宝的司机兼保镖，长期住在这个别墅地下室的一间屋子里，主要是方便古德宝出行。在地下室住的还有保姆刘姐，以及收拾别墅小院花草的孤寡老人冯大爷，他们三人住在地下室随时接受古德宝的指令。彭旭日经常溜出来与她幽会，并且保护她，只有在高副局长来的时候，他才回到地下室的房间。

彭旭日从背后抱住了古德宝，急不可待地亲吻着，吓得古德宝还以为是张佳展还魂了。她极力推开了彭旭日，说道："混蛋，谁让你进来的，你是不是找死，像张佳展一样找死。"这句话说得彭旭日有点丈二和尚摸不着头脑了，他解释道："不是你打电话让我来的吗？"

古德宝想起来了，是自己打的彭旭日手机又摁下的。她冷静了片刻，还是深情地扑到了这个比自己小十多岁的男人怀里，他们幸福地睡到大天亮。

古德宝是他们老古家唯一的大学生，她本想毕业之后考一个公务员或找一份稳定的工作，做一个贤妻良母，离开农村，到城里生活，所以她选择了大学同学毕强做了丈夫，婚后生了一个可爱的女儿。可是古德朕非得让这个聪明精干的妹妹帮助自己打理公司，当公关部总经理，协助做好公司的业务工作。古德宝先前不愿意，可是她在民政机关工作一年多，被领导多次骚扰，古德宝气急败坏举报了他，他反咬一口说是因为古德宝想当官勾引的他，他没有答应，古德宝就构陷他职场性骚扰。为此古德宝也落下了一个"骚女人"的坏名声，她赌气辞职，到她大哥的公司当上了公关部总经理。

古德宝大嫂是一个农村妇女，侄子又小，大姐古德金也没有多少文化，就是在大金海鲜大酒店管管大堂的事，主要经营者还得是古德宝本人。古老四是个吃喝嫖赌不争气的主儿，不值得一提。五弟古德廉是一个品学兼优的孩子，大学毕业后就在华兴化工集团担任工程师，任凭三姐高薪拉拢，他也不为所动，他特别讨厌哥哥姐姐的经营模式，也厌恶三姐、四哥的土豪嘴脸。古德廉自食其力，他们一家三口过着普通百姓的日子，就连华兴化工集团领导想给他一个中层领导的岗位，他都婉言谢绝了，他清楚这是三姐给他买的官，他宁肯干一辈子工程师，也不愿意落下一个买官的坏名声。

古德宝到了办公室，布置了一些工作，喝了几口秘书冲好的咖啡，她寻思着高鸿儒昨夜话里有话，他一定不只是因为彭旭日吃醋，他一定另有怀疑，是什么呢？古德宝真的想不明白。她打电话把古老四喊来了，她最不放心的就是这个爱惹祸的四弟。

古老四很快赶到了古德宝面前，慌忙地问道："三姐，您有什么吩咐？这一大早就把亲弟弟招呼来了。"

古德宝严厉地说道："我再问你一遍，洪爱敏、段依静和朱莉妹的死跟你有没有关系，你和张佳展有没有不可告人的勾当？"

"三姐你可别吓唬我，我真的和那三个女人没有多大的关系，只不过玩玩而已，和朱莉妹连玩都没有玩过，那丫头看不上我。不过说张佳展杀的她们，我还真的不太信，张佳展虽然长得虎背熊腰的，其实这小子没有那个胆子。我也觉得公安局在这个案子上太草率了，肯定不是他。那天他早就回来了，还跟我说，他想请几天假回老家，他妈病了。"古老四神秘地帮助他三姐分析案情。

古德宝严肃地说道："别在外边胡说八道，小心你也被杀。我想让彭旭日接替张佳展龙海洗浴中心总经理的位置，另外你也撤出来，股份全部给彭旭日，你放心，我会控制他的。"

“三姐，你不便宜那小子了吗？全部都给他，那每年让不让他给公司交利润？”古老四有点不情愿地说。

“那就和你没有关系了，你经营好豪门娱乐总汇的业务就行了。另外，豪门娱乐总汇别搞那些带色情的娱乐活动了，走了一个慕忠诚，来了一个单怀斌，也不是一个善茬儿。”古德宝若有所思地说着。她真的不明白昨夜的高鸿儒，洗了个澡，没有碰她，一脸煞气地走了。

“三姐就凭你和我高姐夫的关系，谁敢碰咱家的买卖？高姐夫马上就要当一把手了，那可是副市长呀。”古老四嬉皮笑脸地说着，他那丑恶的嘴脸又暴露出来了。

古德宝赶走了古老四，就给高鸿儒拨打了只有他俩单独联系的电话，无人接听，再拨还是无人应答。每次有这种情况，高鸿儒都会发来短信，告诉她：宝儿，我在开会，一会儿打过去。今天她打了四五个电话，一直没有回音，她有点慌了。

古德宝胡乱猜想着，难道他已经发现了自己和彭旭日的关系了？或许他真的玩腻了自己，另有新欢了？或许上级审查他了？这种情况不可能，有他老子那个保护神，谁也奈何不了他。也许唐静怀疑他，他在家里不敢接电话？也许他是真的吃醋了？他一定是发现了自己和彭旭日偷情。

古德宝清楚张佳展是杀不了那三个女人的，他也没有杀她们的动机呀。可是破案结果是高鸿儒告诉自己的，而且他还让把刚批下来的全市公安监控建设工程给了德宝集团下属分公司，这次他没有要给他的回扣，而是让古德宝以德宝集团的名义把这笔钱捐给分局信息化建设项目。他到底打的什么如意算盘？包括提拔慕忠诚当分局副局长，都是高鸿儒让古德宝通过市领导找李局长办的，这次把慕忠诚调出来还是这个高鸿儒的安排，他到底是为了什么？高鸿儒这个副局长真是一个让人摸不透的神秘人物。

古德宝立即把彭旭日叫到办公室，告诉他让他担任龙海洗浴中心总经理并接管全部法人股份，这也是古德宝对这个小情人的爱情补偿。

彭旭日立马跪在地上，说道："宝姐，我哪点做错了？我改，您不要小旭旭了？我不要钱，不要名，只求在您身边保护您，不让您遭受一丁点委屈。您给我的已经够多的了，如果是'高'的意思，我再也不敢亲近您了。"他的忠诚表达比起任何一个男人都坚定，古德宝的爱情世界被这个小男人的情义征服了，越是深爱越要保护他，他哪里是"高"的对手。

"你听我说，你暂且给我盯好了龙海洗浴中心的业务，这是咱的编外银行，你懂吗？洗浴中心和豪门娱乐总汇都得有'高'的保护呀，其他的生意也如此啊，他一句话就能毁掉我们在这座城市的所有生意，把我们打成黑恶势力，他随便找几个替死鬼就行了，张佳展不就是吗？"古德宝缜密地解释着，她也只能和彭旭日讲讲心中的苦闷和无奈，她能相信谁呀？

古德宝搀扶起彭旭日，两人紧紧拥抱在一起，有些生死离别的意味。彭旭日出了门，古德宝抹了把眼角上的几滴泪水，哼唱着《春水误》：你看那春水边，谁能朝朝暮暮相见欢……

她把和高鸿儒的专用手机狠狠地摔在了地上。

第十章

政治部赵主任把慕忠诚送到禁毒总队已经有一个多月了。禁毒总队队长宋学明比慕忠诚大五岁，过去因为工作关系，二人打过几次交道。后来分局禁毒支队成立了，齐副局长分管，慕忠诚和宋学明接触少了许多，这次在一起工作也是缘分。在禁毒总队，慕忠诚分管禁毒办的宣传工作，同时，自打总队政委退休，新政委还没有上任，学明总队长就让慕忠诚代管总队政治处的部分工作，他知道慕忠诚为人正直，工作细心，有责任，敢担当。

慕忠诚是一个基层干部，摸爬滚打，忙乎惯了，现在坐办公室开会、讲话，他实在是憋屈，他还一直思考着“9・19”案件和“9・21”的案件，以及张佳展的死亡和草率的结案。关天一能带好分局刑侦支队吗？幸好魏长明和董军他们还在，能够帮助关天一的。另外黄局长也会亲自过问他们的工作，还有单怀斌副局长，他毕竟是市局刑侦总队的老侦查员了，不会看着关天一不管的。想着想着慕忠诚又嘲笑自己“咸吃萝卜淡操心”，他自己傻笑了一阵，喝了口凉茶，咳嗽几声，他不知道前方的路有多长，他要怎样度过漫长的时光。

天冷了，昨天夜里下了一场小雪，慕忠诚这一个来月基本上都是在医院陪护母亲，白天有保姆刘姐和兄弟姊妹轮流看护，慕忠诚承担了晚上陪护母亲的重任。大夫讲了，母亲是肠癌晚期，不能手术了，慕忠诚每天强忍着悲痛，在母亲面前尽量尽到做儿子的孝心。慕忠诚还告诉母亲，市局领导照顾自己，为了让他能更好地陪伴母亲，把他调到市局禁毒总队工作了，主要是分管政治工作，没有危险。母亲很是相信慕忠诚，不停地点头，为儿子能没有危险而高兴。

这一天，西北风五级，寒冬腊月，慕忠诚傍晚6点下班后开车直奔医院，医院的电梯在这个时间段最为拥挤，所以慕忠诚每次都是爬楼梯，反正就是12楼高，就当锻炼身体了。慕忠诚每天除了开会，要不就是坐在办公室批签文件、批改讲话稿，要不就是找民警谈心，组织党支部学习和党建活动，每天也是忙忙碌碌，没有闲工夫锻炼。

慕忠诚快速爬到了10楼，他也气喘吁吁了，准备稍作休息再爬，楼道黢黑，他半蹲着身子，倚靠在墙角休息。突然一个穿着厚重棉衣，整个脑袋裹着厚厚毛线围脖的人，走到慕忠诚面前，说道：“您就是慕忠诚副局长吧？”是一个外地口音的女子颤抖着声音问道。

慕忠诚先是一愣，然后直起身子来，说道：“我是慕忠诚，您是谁？”

这个女子“扑通”跪下来了，慕忠诚彻底蒙了，他赶紧扶起女子，说道：“你是谁？到底找我干什么？你起来好好说。”

那女子小声说道：“我叫马素香，张佳展是我的丈夫。”

“好了，你别说了，一会儿我带你去我母亲的病房，就说你是我新招来的护工，之后你再慢慢和我讲。”慕忠诚也小声回答。他看了看楼上楼下，似乎感觉到了她来找自己的目的，她一定是带着目的来的。

就这样，外地口音女子跟在慕忠诚身后来到了慕忠诚母亲的病房。

母亲看到了外地来的保姆，热情地打着招呼，还说道：“孙琳还说明天把新保姆带来，你可好，现在就给人家带来了。”

马素香摘下黄色毛线围脖，脱掉蓝色粗布的防寒服，黑红的脸蛋一脸忧愁，但是看得出，她是一位憨厚的妇女。她今年39岁，身材微胖，容貌朴实，她比张佳展小一岁，和张佳展同村，是地道的农民，前些年为了躲避张佳展伤人案件，二人一同跑到这座城市。开始她在豪门娱乐总汇打扫卫生，张佳展当保安，后来张佳展的父亲病重，张佳展还是不敢回家尽孝，害怕人家找上门，马素香就一个人带着女儿回老家替张佳展照顾老人去了。现在听说丈夫杀人后跳楼自尽，她怎么也不相信。张佳展父亲听到这个消息后，突发脑出血去世了。办完了公公的丧事，马素香就把女儿托付给自己的父母，一个人来到了本市，之后，她又悄悄找到了同村的老乡询问根由。

马素香找到的老乡正是龙海洗浴中心的搓澡工张长河，张长河告诉马素香一定要小心，要是让古老四知道了，那就麻烦了。这帮杀人不眨眼的坏蛋，早晚得让慕局长抓起来。另外，张长河还给了马素香一个破旧的信封，告诉他这是张佳展留下的，让马素香找机会给慕局长送去，一定要保密。

这是张佳展临死前托付给他最信任的好哥们儿张长河办的事情，张长河还说里面有一张银行卡，是他这几年挣的干净钱，留给素香和女儿，让她们娘俩好好生活。还叮嘱女儿大学毕业了，千万别到大城市来工作生活，就在老家县城里当个小学老师最好，幼儿园老师也行。

慕忠诚打开了信封，里面有一张龙海洗浴中心的服务留言信签，上面写道：慕局好，我是冤枉的，您要为我做主呀！这都是古老四逼的！我听说您用手枪指着古老四那帮流氓打手，我就信您了，您小心您身边的警察。歪歪扭扭的几十个字，让慕忠诚怒不可遏。可是他冷静下来想，张佳展这几十个字能说明什么？身边的警察又是谁？现在又该怎么办？找黄局长？他露出一副无奈的表情；找高副局长？自己和唐静的关系；直接找李局长？他可是关天一的姑父呀！慕忠诚思来想去得出的结论是：找谁都不行，起码现在不行。

他安慰了马素香几句，并让马素香和母亲吃了饭。他让马素香先委屈一下给他母亲当几天保姆，工资按照之前保姆的标准照发。他还告诉妻子暂时不找保姆，找到了保姆也得先退掉，目前重点是保护马素香，当下这里最安全。必须让马素香顶替一下保姆的位置，这样有利于开展工作，还被冤枉的顶罪者张佳展清白，更要抓住真凶，为三名被害女子讨个公道。

思来想去，慕忠诚只能先找最为信任的生死之交魏长明商量此案的重大发现，先挖出“身边的警察”，之后要再核查一下相关证据。

可惜呀，慕忠诚现在不是魏长明的领导了，得想个办法，既不能让他们发现自己与魏长明联系，又能指导他开展隐秘的侦查工作，还要把马素香反映的有关张佳展的情况摸清。首先找张长河了解清楚，寻找线索的突破口。

他看了一眼坐在椅子上熟睡的马素香，惭愧得无地自容。老百姓这么相信自己，可是现在的自己显得那么的无能为力、那么的渺小、那么的无助，作为一名共产党员，他就应当具备站出来伸张正义的勇气，可是现在自己却如同老鼠般躲藏起来，安享自己的日子，他在自责，在痛苦地挣扎。

慕忠诚走到母亲的床前，握住母亲已经瘦得皮包骨的手，他欲哭无泪。其实母亲没有睡熟，她老人家一直在忍受着病痛的折磨，她不想让儿子为她分心。母亲冰凉的手心渗出了虚汗，她坚强地睁开双眼笑着看着她最有出息的儿子说道：“慕忠诚，你知道你的名字是谁给你起的吗？是你爷爷慕大胆。你爷爷也是一名老革命了，抗日那会儿他就是有名的县武工队副队长，解放战争他又当了支前运输队队长。你爷爷从不计较个人得失，只要跟着共产党干什么都行，因为他认准了这条道。新中国成立后他拒绝到县里工作，一直是村党支部书记。”

有些疲劳的母亲停顿了一会儿，她喘了口气，慕忠诚知道，母亲的腹部又开始疼痛了，每到这个时候大夫就会给母亲打上一针“杜冷丁”来缓解。慕忠诚赶紧问母亲是否请大夫打一针止疼针，母亲心里什么都明白，她摇了摇头，继续说道：“你爷爷弥留之际，看着我的肚子说道：‘儿媳妇你生下来的无论是男娃还是女娃，都叫慕忠诚吧，让他一定跟着我们共产党干，把革命进行到底，不管遇到什么艰难险阻都要有忠诚到底的雄心壮志。’那是我第一次也是最后一次见到你爷爷，老一辈就是这样，听党的话、跟党走，不管狂风暴雨，一定要忠诚到底。”

母亲的一番话语，鼓励了慕忠诚，母亲其实也是为自己能战胜病魔鼓劲加油。

已经是深夜11点了，孙琳悄悄走了进来，慕忠诚听母亲讲述自己名字的由来，增添了信心，这是他第一次听母亲说自己名字的由来。过去父亲在的时候，说过慕忠诚这个名字是爷爷给起的，但是没有讲细节。当慕忠诚看到妻子温柔体贴的眼神，他计从心生，他想，还有另外的一条路径。

慕忠诚给孙琳介绍了马素香，马素香见到了慕忠诚，又见到了慕忠诚的母亲和妻子，她坚信慕忠诚一定会为自己讨回公道。

第十一章

慕忠诚来到了分局禁毒支队指导年终相关工作，顺便看看老领导黄局长、万政委，以及刑侦支队的关天一、魏长明、董军等老战友。

其中他最想见到的就是魏长明。魏长明询问了慕忠诚母亲的病情是否好转，还说，他爱人一直吵吵着要去医院看望老人家，这不，自己太忙，一直没有抽出时间。他决定这一两天一定去看望老人，过去魏长明一家三口没少吃慕忠诚母亲包的三鲜馅饺子。

在黄局长办公室里，他告诉了慕忠诚一件内部掌握的事，就是市局纪检组秘密把分局天山路派出所的郑小贤所长留置双规了，现在是李志刚副所长主持工作，对外就说郑小贤去外地协助调查案子去了。

黄局长还告诉慕忠诚，南武住进了市里的精神病院，医生鉴定说他早年就患有间歇性精神分裂症，那天他酒后强奸并致死拾荒妇女，就是在犯病期间实施的犯罪行为，这是多么可笑的一件事。听说南发先给了拾荒妇女丈夫十万块钱，她丈夫很高兴，也不再上诉了，带着两个孩子回老家了。一条人命就值那十万块钱吗？慕忠诚感到悲愤至极。慕忠诚也好，他黄局长也好，又能怎么办呢？南发先他们也是钻了法律空子保护了南武。

黄局长还同慕忠诚讲，南发先抢占两年之久的华兴化工集团预留建设土地事件，他们经过与企业信访办谈判，最终企业赔偿其经济损失一千万元。他们拿着国家的资金，肥了自己的腰包，他们就是一群蛀虫、一群人渣，黄局长气愤地讲述着，向自己二十多年的老战友倾诉着自己的无奈、软弱。

即便如此，慕忠诚也不敢和师父说明来意，现在真的是人心叵测呀。他们一直谈到中午，慕忠诚在黄局长一再挽留下，到分局食堂吃饭，在这期间慕忠诚用眼神告诉魏长明，一定要抓紧见面，有重大线索需要他配合秘密侦查。

魏长明带着妻子和女儿来到了医院，她们与慕忠诚母亲聊着家常，慕忠诚把马素香介绍给了魏长明，之后魏长明和慕忠诚两人躲到卫生间吸烟去了，两个老战友开始研究行动计划，制订与张长河取得联系的办法。

魏长明也介绍了近期刑侦支队的情况：市局为了表彰关天一破获“9·19”案件和“9·21”案件，以及及时抓获强奸致死案的嫌犯南武，最近又配合市局端掉了一个聚众赌博的犯罪团伙，给他记了一等功。原本想给他评一个二级英模，李局长不同意，就给了他一个一等功的荣誉，高副局长亲自到分局给他颁奖。大家心里都明白没有慕局，就他还破案呀？早吓得尿裤子了，也不知道他什么来头，就连黄局长、单副局长，特别是万政委对他那可是格外关照。

晚上10点多了，慕忠诚送走了魏长明一家人，回到了病房，他开始思考下一步的行动计划。

慕忠诚母亲住的是单人间病房，今天母亲说话多了些，可能是累了，睡得特别踏实。马素香也是忙乎了一天，倒在了行军床上打起了呼噜。

这一夜，慕忠诚失眠了，他在重新规划自己的意识空间。

一维空间只有一条直线，就是在他眼前的洪爱敏、段依静、朱莉妹和张佳展连在一起的死尸；

二维空间是一个平面，它有两个方向，一个方向是古德宝、古德玉，连接另一个方向的张佳展、南发先、南武等德宝商贸集团一干骨干人员；

三维空间是一张立体的大网，在网里有黄局长、万政委、单怀斌、关天一、郑小贤、魏长明、董军等一大群的身边人。他们到底是谁，是慕忠诚身边的坏警察吗？这个庞大的立体网里，还有许多的人，包括张长河、马素香、谭少亮、彭旭日等。还包括死去的人：洪爱敏、段依静、朱莉妹、张佳展，还有拾荒妇女等。

四维空间是一个超立方体，在这个空间里有李局长、高副局长、唐静、黄局长、古德宝、古德玉、张佳展、彭旭日，还有好多自己叫不上名字的各行各业人士，虽然叫不上名字，但在某个时间节点里，大家一定是见过面的。另外，还有慕忠诚的父亲、爷爷、母亲、大哥、三弟、四妹、五弟以及所有的家庭成员。

慕忠诚超常地又开始用这个四维空间搜寻犯罪嫌疑人，他似乎无法自拔了。杀人凶手就在眼前，古德宝指派的彭旭日，不，李局长指派的关天一；不，高鸿儒指派的古德玉，不，就是张佳展；不，不可能，就是彭旭日！他又为何杀死洪爱敏、段依静、朱莉妹？他和她们有何仇怨？证据在哪里！

“妈妈，妈妈救我，救救我……”慕忠诚进入了四维空间的睡眠里。

慕忠诚母亲抱住了儿子的头，放在怀里，疼爱地流下了眼泪，老人家不言语，不去打扰梦中忙着抓坏蛋的儿子。马素香惊醒了，慕忠诚母亲摆了摆手，她不想让任何人惊扰慕忠诚的工作。慕忠诚在母亲的怀抱里慢慢地平静了，他回到了正常的一维空间或是二维空间、三维空间，也或许又回到了婴儿时代的混沌空间，那样超常的幸福。母亲抱着他，父亲骑着自行车驮着母亲和他，慕忠诚张开了没有牙齿的小嘴贪婪地吞食着白雪。

天亮了，慕忠诚坐在母亲的床头，脸紧紧地贴在母亲的胸前，暖暖的，散发着一股襁褓时期的奶香。这一夜慕忠诚踏踏实实地补了一觉，四十多年了，好像就睡过这么一回踏实觉，在母亲的怀抱里是生命中最幸福的时刻。

慕忠诚母亲这一夜也是静静地抱着儿子的脸蛋，幸福地看着。清晨，慕忠诚安排好了母亲和马素香的早餐，嘱咐了马素香几句话，等到四妹来了，他就到单位上班去了。

一路上慕忠诚回忆着昨夜的梦境，从一维空间到四维空间。他笑话自己，小时候看《西游记》看得入迷了，真的把自己当孙悟空了，中学的时候又沉迷于《封神榜》《三侠五义》《七侠五义》，后来喜欢佐罗和阿凡提。

慕忠诚不知不觉念叨出几个人的名字，古德玉、南发先、南武、彭旭日、谭少亮；紧接着他又默默念叨出几个人的名字，李局长、高副局长、单怀斌副分局长、关天一、郑小贤。最后他长舒一口气，伸了一个懒腰，大声念出风情万种的“古德宝”。古德宝，慕忠诚的四维空间意识迸发出来，他似乎进入了兴奋的破案状态。

一天了，慕忠诚无论是开会，还是讲话，或是与同志们分析工作，都要看看手机，他想知道魏长明那里到底有没有什么线索和进展，他是否能按照自己的设想去调查。快要下班了，魏长明依旧没有联系慕忠诚，他又陷入了恐慌。

慕忠诚思考了一整天，他必须亲自出马找到张长河问个究竟，还不能让人发现。正当他头疼的时候，禁毒总队政治处副主任周京祥进来汇报工作，慕忠诚看到他，有了新的主意，说道：“小周，晚上有事吗？”周副主任面对领导的问话，马上说道：“慕总，没事，就是有事，您吩咐了也没事了，听您安排。”

慕忠诚笑了笑，心想好一个嘴甜、溜须拍马的家伙。“没事就好。小周，我调来也有两个多月了，你看马上到元旦了，今天晚上我请你，咱俩吃个饭，你看行吗?”慕忠诚问道。

这个周副主任有点受宠若惊了，立马回答:“我的大首长呀，我一直都想请您，怕您没时间、不赏脸，我不敢提呀，早就盼着能和您吃顿饭，也好向您汇报我的思想动态。”

两个人客气了一番，慕忠诚坐着周京祥的车来到了龙海洗浴中心附近一个叫“春来好吃饺子馆”的地方。这也是慕忠诚安排的，一来这里就是一家小饭馆，不会引起人的注意，二来这里距离龙海洗浴中心比较近，慕忠诚还寻思着下一步计划，只是可怜周副主任被闷在葫芦里了，成了自己侦查行动的一枚棋子。

起初周京祥非要请慕忠诚去大金海鲜大酒店，慕忠诚讲，那里不方便两人聊天，另外人多眼杂，还是小饭馆好，清静。自己又爱吃饺子，这样挺好。周京祥当然恭敬不如从命了，能和领导单独吃饭就是天大的幸运。

两人要了一瓶二锅头，又要了两个凉菜、两个热菜、半斤西湖羊肉水饺、半斤三鲜水饺。周京祥喝得是云山雾罩，吹嘘自己是一个侦查员的料，可惜警校毕业，就被分配到了禁毒总队。他父亲是一个街道办事处主任，与市局某领导关系甚好，再加上周京祥字写得漂亮，又是个写作天才，经常在本市的大报小报上发表一些文章，所以就一直在总队政治处工作，38岁熬了个副主任。禁毒总队的政治处副主任就是一个副科级的岗位，不像分局和其他单位，政治处的副职最起码是正科级或者是副处级，所以今天周京祥也借此机会和慕忠诚聊聊心中的怨气。

慕忠诚酒足饭饱，也有点上头了，借着酒劲儿和周京祥说道：“行了兄弟，饭我请了，你请我洗一个澡吧。”“那哪行呀，今天都是我的。这才到哪呀，我结，我结。”周京祥真的醉了。

慕忠诚想，他这样的状态就得给他冲冲澡，让他清醒回家，否则他的家人一定认为这个慕忠诚也是一个酒囊饭袋的领导。慕忠诚找了代驾司机，二人直接去了龙海洗浴中心。

第十二章

进了龙海洗浴中心，慕忠诚借着酒劲儿佯装醉酒，点名让张长河搓澡，同时也给周京祥安排了一个搓澡工。慕忠诚晃晃悠悠平躺在了搓澡的躺板上，张长河来了，这个精瘦的男子看上去像是40岁左右的中年人，穿着一个小裤衩，身上肌肉丰满、骨骼突出、白净的像个大姑娘，也许是天天泡在澡堂子里的缘故吧。他熟练地给慕忠诚泼水、拍打后背，让慕忠诚放松，消除酒劲儿。慕忠诚刚要开口，张长河说道："慕局，我认识你，别说话，我讲，你听我说，我知道你只能这样来找我。"慕忠诚激灵了一下，酒劲儿全消。他暗自想，一个搓澡工的侦查意识都如此强，警惕性如此高。

马素香说过张长河在村里就是一个要强的青年，他经常帮助困难的村民，那年他参加村主任选举得罪了现在的村主任，只好带着老婆孩子到城里谋生存。

张长河边给慕忠诚搓澡边说道："张佳展是我一个村的表哥，他不是杀人犯，是那个古老四陷害他的。张佳展是跟洪爱敏好过，那是以前的事了，后来洪爱敏跟了古老四，我表哥就离开洪爱敏，几乎不敢联系她了。再后来古德宝看上表哥了，表哥是被逼的，人在屋檐下，不得不低头。”张长河说着说着哽咽了。

慕忠诚安慰了他几句，忙说：“兄弟，抓紧说，一会儿我那个同事醒了就不好说了，再说时间长了，有人注意也不好。你知道洪爱敏她们三个被害是谁作的案吗？”

张长河环顾了一下四周接着说道：“洪爱敏被害那天张佳展的确去了，是她找张佳展有事商量，他们俩见面后也的确发生了关系，不过我表哥下午4点前就回来了，因为下午表哥要回来安排工作。洪爱敏死后他就害怕了，因为他去找过她而且还发生过关系，他是说不清的。至于我们洗浴中心的段依静和朱莉妹就更不是他杀的了。张佳展死之前告诉我，如果他有危险，让我一定找到您，他相信您。他还说，你们市局的高局长和古德宝有奸情，你们分局的郑小贤和古老四是拜把兄弟，他们一起坑骗华兴化工集团，那个集团的总经理凌卫国和古德宝也有一腿，这是表哥给古德宝当司机的时候知道的。后来古德宝看上了彭旭日，就把表哥给甩了，说这个洗浴中心让我表哥当法人，其实就是给他们古家‘顶雷’，一抓卖淫嫖娼的，拘留罚款都得表哥承担。年底最多给表哥十万块钱，其余的都得给德宝商贸集团，就是给她古德宝。”

周京祥搓澡搓得酒醒了一半，他跌跌撞撞跑过来向慕忠诚请罪，慕忠诚装醉酒没醒的样子，继续和他说着醉话：“我没喝多兄弟，咱们走，接着喝，烧烤，啤酒，接着比画，我请，我请。”

张长河临走的时候又小声说道：“您再找一下南武，那个小子知道好多事，也许能给您提供更多的实情。”

慕忠诚和周京祥走出龙海洗浴中心，找到一家烧烤店，要了啤酒和烤串。穆忠诚对周京祥说道：“来，兄弟，咱们透透酒。”慕忠诚为了更了解周京祥，打消他的一些顾虑，就让他觉得约他吃饭喝酒纯属出于情义。俩人聊了许多生活和家庭的事，周京祥十分感动于慕忠诚这位领导加兄长的真诚。已经午夜了，慕忠诚打车去了医院，他给周京祥叫了代驾回家。两个人清醒着，又似乎有些迷糊。

到了医院，魏长明正在这里等着慕忠诚。他告诉慕忠诚，他母亲刚打了一针“杜冷丁”，老人家的病情又加重了，马素香在一旁守护着老人流了眼泪，这些日子马素香和老人亲如母女一般。慕忠诚看了一眼熟睡的母亲，他真恨不得把折磨母亲的肿瘤给掏出来，把它碎尸万段，还母亲一个健康的身体。

慕忠诚和魏长明两个生死战友又躲到卫生间，他们点燃了香烟，魏长明焦急地跟慕忠诚讲述今天的情况。魏长明本想今天找借口去一趟龙海洗浴中心找张长河，可是又发生了一起意外的案件，天山路派出所所长郑小贤在家中的31层楼顶跳楼自尽了。

慕忠诚听后又是一个激灵，“唉”，他长叹了一口气，狠命地吸着烟，紧接着又接上一支，还是狠命地吸着，吐出的烟越来越少。魏长明知道他把烟雾吸进了肠胃，他心痛。郑小贤曾经也是他带出来的民警，他的每一次进步慕忠诚都是高兴的，没承想如今成了罪人，而且又以自尽的方式结束了自己风华正茂的生命。

“他不是被双规了吗?”慕忠诚问。

“是被双规了，这不，市局纪检组说他表现好，挺配合的，让他先回家休息几天再找他继续了解情况。具体为什么让他回家，我也就不清楚了，不好打听。”魏长明回答。

“不过听关天一说，中央巡视组过了元旦就要进驻本市了，要待三个月，得过了年，出了正月之后走，走了之后还要回头看。郑小贤听后，想不通，害怕，就自尽了。”魏长明补充说道。

“郑小贤呀郑小贤，他毕竟和我工作多年了，后来我发现他和古老四在一起就不是什么好兆头，我提醒过他。可怜他父母、妻子，还有一个刚上初中的儿子，他儿子还和我说，长大了也要当警察。”慕忠诚既心痛又痛恨地说着。

慕忠诚又把与张长河见面的情况和魏长明讲了，并计划下一步的侦查方向。

慕忠诚和魏长明说道：“下一步，第一要想尽办法去精神病院提审南武；第二有点危险，就是想尽办法审讯古老四；第三就是想尽办法与中央巡视组取得联系，汇报这里的情况，请求他们帮助。不过咱俩要做点违纪的行动了，这也是没有办法呀，小魏，你也可以不跟着我干，出了事我一个人承担。”

魏长明嚯地拍了一下胸脯说道：“老领导，你还不信任我是什么人嘛，这么多年了，我怕过什么？！只要是为了老百姓，我可以豁出性命，给个处分算什么！真被辞退的话，咱俩单干，我陪您烤羊肉串去，准发财。”

慕忠诚激动地和魏长明拥抱在一起，他心里明白，有这样志同道合、侠肝义胆的好战友，自己一定要和黑恶势力、腐败分子血战到底！他更加坚定了维护法律的尊严需要人民警察奉献甚至流血牺牲的信念。

两个战友一直谈到了天色泛白。

就在慕忠诚和魏长明二人在医院里分析研究案情的同时，在古德宝的“鸳鸯阁”，高鸿儒酒后与他的这位红颜知己欢聚在一起，风流潇洒着。古德宝说道：“老公，你的本事真大，郑小贤跳楼了，‘9·19’案件和‘9·21’案件侦破了，咱们应该高枕无忧了吧。中央巡视组能把我们怎么样，还有您老爷子做后盾，咱们尽情享受吧。”

“宝儿，你有所不知，中央巡视组不是那么好糊弄的。我还有一个担心的人，就是南武，这个混蛋，要不是你说情，那小子就该被枪毙。他毕竟杀了人，现在慕忠诚那个拧种还没完没了地四处打探取证，搞得我头疼。回家唐静也总是劝我，多为八十多岁的老爹想想吧，多为在美国的女儿想想，说得我就更心烦了，也就是在你这压力小一点，可以暂时忘掉这些个破事儿。”高鸿儒矛盾地说着。

“亲爱的，你别烦心，我明天就安排人做掉南武，要不然就让他成为真正的精神病患者。南发先现在钱也到手了，他说带着儿子马上去外地，再也不回来了，你还不放心吗?”

“不想了，咱们睡觉。”高鸿儒搂住了古德宝，忘情地寻找着快乐。

第二天，鹅毛大雪飞扬，空气里散发着清新的味道。今天是这一年的最后一天，明天就是元旦，二月初就是除夕了，这一年过得飞快。

慕忠诚找到母亲的主治大夫询问了病情，大夫惋惜地与慕忠诚讲，您母亲能挺过春节就是你们全家的福气，老太太的福气了。慕忠诚痛苦地央求大夫一定要延长母亲的生命，哪怕抽自己的血给母亲输都行。大夫摇了摇头，很无奈地说:“慕忠诚同志，我们真的尽力了，不是输血就能延续生命的，你多跑几趟来这里陪她老人家就行。我们感觉，你在老人家身边，她就能吃能睡，你那几个兄弟姊妹在，好像不如你在老人家感觉踏实。”大夫走了，慕忠诚自己抽了自己好几个嘴巴子，抽得自己满脸通红，他躲到楼梯拐角没有人的地方，放声痛哭。

慕忠诚在自己的办公室和周京祥聊着昨天晚上吃饭洗澡，又吃烧烤喝啤酒的事，并把洗澡的钱给了周京祥。周京祥有点急了，说道:“我攀点大，喊您声大哥，您别介意，昨天喝酒的时候您喊我兄弟了。吃饭您请了，洗澡我花钱，咱算AA制了，下次都我来请。”周京祥摆出一副江湖仗义豪情的样子。

“好好，下次我请。”慕忠诚勉为其难地说。

其实慕忠诚早就想好了，让魏长明和他一起去精神病院找南武，目标太大，昨天晚上吃饭的时候周京祥说到他大姐和大姐夫都是精神病院的大夫，面见南武的事情还要请周京祥帮忙。慕忠诚神秘地与周京祥说道："周老弟，你不是想当一名侦查员吗，现在有一个机会，不过要保密，只有你和我知道，就是天王老子也不许讲，包括'宋'，你知道吗？你要是同意，今后你就是我徒弟了。"慕忠诚也是没有办法才出此下策，他也觉得有点不道德，但是比起人命关天，这又算得了什么，大不了再受一个处分。

慕忠诚又嘱咐了周京祥，就说下午跟慕副总队长下分局督导禁毒宣传工作，周京祥又是欣喜若狂地立正敬礼。其实他心里明白，慕忠诚是一个正直的好领导，跟着他没有错，他俩开始默契地配合。

第十三章

古德宝同样一大早就把她四弟古德玉喊了过来，她对着这个四弟没有好气地说道：“你干点什么事能让我省心？让你把南发先和他儿子南武尽快送走，越远越好，最好让他们去越南，可是你怎么那么磨磨叽叽，非等出了大事。我告诉你，过了元旦，给你十天时间，让他们爷儿俩消失，行了，你走吧。”古老四没敢多说一句话，答应了古德宝的指示，“哎，哎，哎”了三声，立马倒退步子，走了。

古德宝陷入了沉思，一旦高鸿儒被挖出来，他那个退休的老子也未必保得了他。现在的形势和以往不一样了，党的十八大以后严惩腐败，力度之大前所未有，多少高官特别是“大老虎”，不都被绳之以法了吗？古德宝知道这不是危言耸听，这是事实，她在谋划下一步怎么办。出国，到国外什么都不管了，找老公和闺女去，做一个贤妻良母倒也不错，她想着想着，觉得走一步算一步，反正最后大不了到美国过一家三口的田园生活去。钱有的是，下下辈子都用不完，花不掉。

下午两点钟，慕忠诚和周京祥开着车驶出了禁毒总队的大院。慕忠诚他们顺利到了市第一安定医院（精神病院），在周京祥大姐的帮助下，见到了南武。为了不连累周京祥的大姐，慕忠诚他们以帮扶过去有吸毒史、接受过强制戒毒的人员为理由，见的南武。

南武这小子过去因为吸毒在强制戒毒所劳教过半年，有案底。他突然见到了慕忠诚，先是惊讶，然后又开始装疯卖傻，似乎真像一个精神病患者。他伪装成痴呆的样子冲着慕忠诚笑着，一会儿又委屈地哭起来，一会儿又在屋里乱蹦乱跳，学着狗叫、猫叫，真有点“戏精”的感觉。周京祥看着有点傻眼了，觉得这就是一个疯子，他心想，南武亏得不是武疯子，要是武疯子还得过来动手比画了。嘿，让周京祥给想准了，南武举起拳头，冲着周京祥打去。慕忠诚上前，一个扳手腕，就把南武撅得“嗷嗷，嗷嗷”地叫了起来。

慕忠诚说道:“别他娘的装蒜了，你那点把戏哄你爸去吧。你也认识我，不用介绍了吧，老实回答我的问话，不然我请示公安部给你做鉴定，保你是一个精神超正常的人，之后数罪并罚，杀人者枪毙。”慕忠诚铿锵有力的话语和坚定的英雄气概，给南武吓得尿了裤子。他是吃过慕忠诚的教训的，那天在强占企业土地现场，慕忠诚拔出92式的手枪，差一点就毙了他。

“慕局，慕局，慕伯伯，您饶命呀，饶命，您只要不杀了我，怎么着都行。”南武这小子瘫在地上说。

“好，你只要老老实实回答我的问题，并且可以做污点证人，有特大立功表现，可以考虑对你酒后奸杀拾荒妇女一案予以从轻处理。”慕忠诚说。“好好，好，慕局，我一定把他们干的坏事都说出来，包括我爸爸做的坏事，您只要不判我死刑就行，别说当污点证人了，您就是让我枪毙这些坏人我都执行。”南武语无伦次地表示悔改。

慕忠诚看时机成熟了，立即问道：“洪爱敏、段依静、朱莉妹被害，到底谁是凶手，你知道吗？”

“您可问对人了，我告诉您，杀死洪姐的人，哦，就是洪爱敏，就是彭旭日。洪姐死的那天，晚上六点来钟，我开车去接洪姐上班，我刚到洪姐住的单元门前，还没下车，正碰上彭旭日从门口出来，他特别紧张，左看右看，像贼一样，开车走了，我上了五楼怎么敲门也没有声音。这时候我手机响了，我爸找我有急事，不过我听屋里好像有说话的声音，也许洪姐有事，不用我接了，她经常坐彭旭日和张佳展的车走，我赶紧走了。后来听说洪姐被人杀死了，我害怕了，害怕你们看监控有我，我就说不清了，所以就躲着你们。后来你们破案了，说是张佳展，我想应该是彭旭日那小子。”南武很自信地说着。

慕忠诚脑子里或多或少还原了一些彭旭日作案场景，他又问道：“你说的情况很重要，但是你只是看到彭旭日从单元门口出来了，其他还有什么发现？”

“其他的没有发现，不过肯定是他，那个时间段正是洪姐被害的时间。另外我再告诉您一个秘密，慕局您可真得给我宽大处理啊。您还记得我们强占华兴化工集团的那块土地吗？其实就是那个古老四让我爸干的，他们是和华兴化工集团的凌卫国总经理串通好的。他们就是洗钱，事后就给我们爷儿俩二百万元，古老四说钱少人多，还要给郑小贤所长一百万元，给凌卫国总经理二百万元，其余的五百万元，他含糊地说是给市里的大领导，还有他们德宝公司前期投入什么的，投什么入了，顶多十万块钱。”南武只要活命就连他爸爸都要告发。

慕忠诚仔细看着南武，想在他的脸上继续找线索。南武看到慕忠诚的目光，又开始发慌，他紧张地试探性问道：“慕局，这些还不够吗？对了，还有，一次古老四请我们几个小哥们儿吃饭，彭旭日那小子喝大了，我们知道他和宝姐私下好，都捧着他，他更牛了，说他真正的后台老板是你们市局的高鸿儒局长。他原来当兵的时候就是高鸿儒任团长的部队警卫连的班长，后来复员了是高鸿儒安排他留在本市，又给他找了一份高薪的工作。那天，大家基本都喝醉了，古老四喝了几口，就跑出去幽会了，就我一个人知道，我谁也没说过。再有就是我爸爸那个老东西，把我妈给打跑了，也不怎么管我，前年有人给我介绍一个农村来打工的保姆，我相中了，我爸也相中了，结果他把那姑娘给睡了，我恨他，这是不是犯罪？我要大义灭亲。我那个干爹古老四就更坏了，有一天我喝醉了，就是他让他的打手蓝林远带我找乐子，结果让我和一个拾破烂的女人睡了一觉，还是在大街上，太丢人了。后来还说我杀死了那个拾荒女人，我是真的记不起来了，只好承认了。不过我干爹还算疼我，告诉我装精神病住进医院，他再找机会把我弄出国，给我找一个外国媳妇。”

慕忠诚的双眼一直盯在南武身上，他既可怜，又可恨，这个头脑简单的无知青年！慕忠诚回过头看看周京祥，周京祥会意地点点头。

慕忠诚又面朝南武说道：“南武，你今天表现很好，一会儿你回病房，继续假装精神病患者，装得越像越好，你也小心点，古老四和你爸爸要是来了，你哪也别去，就在这里等着我。刚才你说得有道理，那天你喝醉了，好像有人指使你强奸了拾荒妇女，之后你什么也不知道了，拾荒妇女也有可能不是你杀的，我会还给你清白的。”

南武听到慕忠诚亲切温暖尤其是还给他清白的话语，感激地跪在地上磕了一个特别响的响头，慕忠诚或许是这世上唯一相信他是清白的人吧。他喊道：“慕伯伯您救我，您是最大最大的大好人，我知道。”

慕忠诚把南武交给了周京祥的大姐，并嘱咐她不要和任何人讲公安局来人看了南武。周京祥大姐也是一个非常智慧的女性，她点了点头，告诉她兄弟，小心点，注意安全。这一切，尽在不言中。

在回单位的路上，周京祥特别激动，他说：“慕总，我真的佩服您，我跟定您了，您就收下我这个兵吧。刚才我把您的问话，还有南武交代的情况都录下来了，您看行吗？”

慕忠诚拍拍周京祥的肩膀，感激地说道：“小周老弟，我们在做一件人民警察应该做的事情，你做得很出色，我应该代表党组织，代表被害人家属感谢你呀。就是连累了你，你放心，一切责任我承担。”

“您又说外道话了，刚才您还喊我小周老弟了，既然是兄弟，我们同甘共苦。我信您，我听您的没错。”

慕忠诚和这位认识不到一百天的周京祥，像是老战友一样默契配合，彼此欣赏。

第十四章

元旦到了，洁白的雪花在城市的空中舞蹈着，预示着平安祥和的新时代到来了。

慕忠诚和魏长明又挤在母亲病房的卫生间里，商量着下一步工作策略。慕忠诚把昨天在安定医院见到南武的情况和魏长明进行了沟通交流，并把周京祥的情况也告诉了魏长明。其实他是提醒魏长明，如果他有不测，立即联系周京祥，这个同志是可以信赖的，而且南武证词的备份件也在周京祥手里。

魏长明也把中央巡视组的情况介绍给慕忠诚。中央巡视组就住在本市东方大酒店的十四、十五楼，东方大酒店是过去市政府的招待所，后来改成的东方大酒店。另外，巡视组副组长历泽舫同志，过去就是公安部的领导，慕忠诚在任分局刑侦支队长的时候，向他汇报过工作，他是一位雷厉风行的领导干部。

慕忠诚说："我认识这位首长，首长肯定早就把我忘记了，上面的大领导，谁还记得咱们基层干部呀。"慕忠诚接着说道，"尽快和中央巡视组的领导汇报，否则，马素香、南武他们都有危险。我想保护好马素香、南武，控制好彭旭日、古老四，还有他的打手蓝林远，甚至古德宝。你也要警惕你身边的关天一、黄局长、万政委他们，这些同志我没有底呀，决不能再发生死人的事件了。”

高鸿儒和唐静看了老父亲之后回家了，今天是李局长亲自值班，他可以看看老爷子，陪陪老婆。夜深人静了，他好久没有和唐静在一起了，他欣赏着妻子柔美的身段和滑腻的皮肤，一股冲动让他多少有点内疚。唐静心里什么都明白，不过为了维护这个家庭的体面，她必须把苦水咽到肚子里去。

唐静还是温柔地劝阻丈夫高鸿儒，一定要格外小心，中央巡视组来了，尽量不要和古德宝他们联系了，尽量在单位和家里吃饭。高鸿儒也是关心体贴着唐静，答应了近期注意影响之类的话，他累了，倒在唐静的怀里甜蜜地睡着了。

元旦过后，还有一个月就是春节了，慕忠诚母亲的病更重了，几乎吃不下食物，只能靠输液维持生命。慕忠诚剜心地疼，可是他在母亲面前还要表现得很平静。他母亲也知道自己和孩子们在一起的日子不多了，她一样表现得很平静，不让儿女为她难过，耽误工作。他们彼此爱着。

这个时候，禁毒总队总队长宋学明被双规了，协助中央巡视组调查相关事宜，风言风语在市局大院里蔓延。禁毒总队工作由59岁快退休的何泽坤副总队长主持，分管领导高鸿儒副局长亲自领导总队的工作。李局长原本想让慕忠诚暂时代理总队长，可是高鸿儒不同意，他认为张佳展的死没有处理他已经是

“宽大”了，暂时不能重用，否则其他领导干部不服气。李局长尊重了分管领导的意见，慕忠诚还是老样子。

何泽坤代理总队长和班子成员说：“你们各自管好分管的工作，有事咱们商量，也可以直接向高鸿儒副局长汇报，等过了年，新的总队长来了，我也快退休了，谢谢大家支持我这段日子的工作。”现在，慕忠诚的工作倒是更自由一些了。

傍晚，魏长明又来到了医院，告诉慕忠诚，现在局里谣言四起，有传言慕忠诚与宋学明俩人一起贪污受贿，竟然和毒贩子勾结。还传言慕忠诚经常出入豪门娱乐总汇、龙海洗浴中心吃喝嫖赌，而且还包养一个外地女子伺候他住院的母亲。又有传言，中央巡视组已经收到举报信了，慕忠诚也快被双规了等，难听的话多着呢。

听到这个消息，慕忠诚不仅不生气，反而高兴起来了，他终于有办法接近中央巡视组的领导了。他告诉母亲要去一趟外地办案，很快就回来，并且嘱咐妻子孙琳坚定真理，还告诉马素香一定不要出这个门，看好老太太，等待春天。

他和魏长明说了自己的想法，魏长明给自己最为崇拜的老领导敬了礼，说了声，“委屈您了”。

腊月二十三是传统的祭灶日，也就是小年。这一天的清晨，慕忠诚亲吻了母亲的额头，走出了医院。

寒风中，慕忠诚强壮的身躯在大风中稳如磐石，他大步走进了东方大酒店，乘坐电梯上了14楼，当工作人员拦截他时，他说：“我是市公安局禁毒总队副总队长慕忠诚，我来找历泽舫副组长坦白自首。”

工作人员汇报后，把慕忠诚带到了15楼的一间套房里，一名白发老同志坐在沙发中间正在看材料，两名工作人员在一张办公桌侧面对着慕忠诚记录着文字。

慕忠诚举起手臂：“报告，首长，我是……”他的话还没有说完，就呜呜地像是见到了久别的亲人长辈一样哭了起来。历泽舫同志放下老花镜，起身仔细端详这位坦白自首的同志，感觉似曾相识，说道：“哦，你姓慕，对不？好多年了，在一次刑事侦查论文研讨会上，你作为优秀论文奖获得者发言，你的论文写得还算行，你的姓氏挺特别，姓慕。好了，一个人犯了错误不要紧，你还年轻，能主动投案、改过自新，还可以为社会工作嘛。”

慕忠诚抹了把眼泪说道：“首长，我叫慕忠诚，本市公安局禁毒总队副总队长，今年46岁，公大毕业，公安工作24年了。我没有违法，我是反映问题来的，没有办法，只能这样见您，我充其量就是违纪了。”

简单明确地述说，历泽舫看出来了，这是一名优秀的公安干部。历泽舫看了一眼身边的工作人员，他们立即出去了。

慕忠诚平复了一下情绪，历泽舫给他倒了一杯水，他一仰脖全部喝下去了，像是干掉一杯烈酒，痛快。

慕忠诚拿出了张佳展留下的字条和南武的全部录音，从“9·19”案件和“9·21”案件开始讲述全部事实情况。

历泽舫认真耐心地听着慕忠诚的陈述，认真仔细地记录着重点问题，对受害者的遭遇不时地叹息，对黑恶势力、腐败分子的行为表示愤怒。整整一天，两个人吃喝拉撒都是在这间房里，夕阳映照，大雪之后云朵异常美丽。

历泽舫温和地询问慕忠诚的意见，慕忠诚毫不掩饰地说道："报告首长，眼前先保护好南武、马素香和张长河；立即抓捕彭旭日、古德玉、南发先和蓝林远这伙嫌疑人；控制古德宝、关天一和唐静，至于高鸿儒副局长、凌卫国总经理这些大干部领导，我是无权提意见的，请领导定夺。"

"好你个聪明伶俐的小慕同志，你的意见很好，我立即向江一帆组长汇报，你就在这里把情况再与工作人员详细说明，让他们做好记录。"历泽舫欣赏着眼前这位敢于担当的中年干部。

"首长，我还有一个请求，就是抓捕彭旭日一定让我去，这小子是部队警卫连战士出身，曾经是全师的散打冠军，我也会点拳脚功夫，抓捕他，我还有点自信。"慕忠诚诚恳地在历泽舫面前请战。

历泽舫心情喜忧参半，走出了办公室。

高鸿儒在"鸳鸯阁"对着古德宝大发雷霆："是谁告发慕忠诚的，写那些匿名信的人是谁？！""是我安排四弟找人写的，省得他总盯着咱们，也让他吃几天牢里的饭菜。"古德宝像是打了胜仗一样说道。

"你这是放屁的话，我为什么提拔他又孤立他，不给他实权，让他看不到希望，消灭他所谓公平正义的那股子劲儿，等他明白了，来找我，来求我，来感恩我，知道吗？这是上上策，是伐谋。你这个头发长见识短的老娘们儿，和我们家唐静比差远了。你赶紧安排人除掉南武父子，让古老四滚蛋，越远越好，出国去越南，去柬埔寨都行。”高鸿儒疯狂地给古德宝下达指令。

古德宝害怕了，赶紧拨通了古老四的手机。

第十五章

腊月二十七，东方大酒店15层会议室里，空气都是严肃的，绝对保密的部署、绝对保密的行动在晚上8点钟开始。江一帆、历泽舫两位首长和相关部门领导，参战的武警部队指战员和调配的外省市的公安特警聚集在一起，准备抓捕黑恶势力及他们背后的“保护伞”，同时也要确保所有证人和他们家属的绝对安全。慕忠诚也在其中，中央巡视组领导尊重了他的意见，选派武警总队散打冠军铁明配合他，守在彭旭日家中实施抓捕。

行动开始了，慕忠诚和铁明提前进入了彭旭日的出租屋，就在被害人洪爱敏的对面楼，也是3单元501室。慕忠诚守在门口的卫生间，铁明守在客厅里。

彭旭日收到了高鸿儒的指令，让他马上出去躲避一段时间，等这面的事搞定再回来。他安排好龙海洗浴中心的工作，说有点事回家一趟。他是一个警惕的人，悄悄地开门进屋，灯也不打开，他这次回家就是想把值钱的东西取走。令他想不到的是，这里已经有人等着他了。

他刚进客厅，就听见“不许动，趴在地上，双手抱头”。铁明举枪明示。就看他慢慢举手，突然飞起一脚踢开了铁明手中的枪，两个人厮打在一起。慕忠诚推开卫生间的门，打开灯，三个人你一脚，我一拳，彭旭日的确功夫了得，慕忠诚和铁明要想快一点结束战斗，还真有些费劲，除非慕忠诚拔枪，那样万一他死掉了，这个案子就又困难了。为了取得证据，慕忠诚一边与他厮打应战，一边想办法说服他，劝他束手就擒，争取宽大处理。彭旭日心里明白，三条人命，宽大了也得枪毙，所以他玩了命似的搏斗，企图逃跑，他又飞起一脚，正中铁明的太阳穴，铁明倒地晕死过去了。彭旭日趁机夺门外逃，蹿上天井抓住铁把手，上了房顶，慕忠诚也一样紧追不放，到了房顶，俩人继续厮打在一起，慕忠诚也不示弱，把这些日子的怨愤全部发泄在这个杀人魔头的身上。慕忠诚和彭旭日搂抱在一起，从五层楼顶滚了下去，其实他俩在楼顶厮打的时候，埋伏在周围的增援人员早就布下了天罗地网，慕忠诚和彭旭日摔倒在海绵救援垫子上晕了过去，救护车把他们送进了医院。

解救南武的行动失败，蓝林远先一步到了安定医院，把南武从七楼推了下去，南武在医院抢救，不过蓝林远被武警战士当场抓捕。

南发先也被成功抓捕。

张长河、马素香、谭少亮还有豪门娱乐总汇、龙海洗浴中心的相关证人被成功安置。

古老四逃跑了，正在全城通缉。

古德宝、唐静、关天一、黄博文等涉案人员被成功控制。

高鸿儒在办公室里饮弹自尽。他临死之前用一部老年诺基亚手机打了一个神秘电话，他和对方说：“好了，老爷子，我知道怎么办了。”之后他才发现打扫卫生的女工在卫生间打扫卫生，他有气无力地说了声：“你出去吧，把门给我带上。”后来就听见“嘣”的一声。办案人员也没有找到那部老年诺基亚手机。

慕忠诚苏醒了，他昏昏沉沉地打开了关闭四天的手机，看到孙琳、儿子、马素香、大哥、三弟、五弟、四妹，还有周京祥、魏长明等多个未接来电。他打开了孙琳在腊月二十四发来的短信：慕忠诚，妈妈没了，你在哪？快回来！

慕忠诚顿时感觉天旋地转，似乎在梦里，片刻似乎又极其清醒。他不顾满身的伤痕，正当他要拔掉扎在胳膊肘窝处的输液针头时，他发现自己右手从手腕处已经被截肢了。护士告诉他，幸亏他的右手垫在彭旭日头部，否则彭旭日就有生命危险了，虽然有救生垫，但是楼层高，他俩搏击当中滚落下来，造成他俩摔下来的时候骨头错位。可惜慕忠诚右手骨头已经粉碎，筋脉断裂，必须从手腕处截肢，否则会威胁生命。李局长当场同意了截肢。

慕忠诚不顾护士和赶来的医生劝阻，踉踉跄跄地跑出了医院，打车直奔家里。

慕忠诚跪在母亲的遗像前，咚咚咚用脑袋砸着地，把地砖都砸出了裂痕，慕忠诚的头部鲜血流淌着。孙琳和慕占军用手垫在慕忠诚的头部。

大哥发怒了，气愤地宣泄着：“你磕死了，我也不会原谅你。”屋里一片悲痛的哭声，早晨慕忠诚的母亲已经火化了。

历泽舫同志安排好了相关工作，立即到医院看望慕忠诚，之后又追到了慕忠诚母亲家里。看到这个场面，老首长冲着慕忠诚母亲的遗像鞠躬致敬。他搀扶起慕忠诚，抚摩着慕忠诚失去右手的胳膊，不禁落下眼泪，颤抖地说：“从古至今就是忠孝两难全，好样的慕忠诚，你母亲九泉之下一定会为有你这样的儿子骄傲自豪。”历泽舫向满身伤痛的慕忠诚同志敬了礼。

真相基本大白。

南武虽然抢救过来了，但是已经成为植物人，一辈子要有人照顾。

彭旭日老老实实交代了，杀死洪爱敏，是因为她威胁高鸿儒。她女儿患病，需要医药费，她想把父母和女儿都接来，就和高鸿儒要五百万元买房，声称高鸿儒要是不给，她就要到市公安局大门口闹访，揭发高鸿儒强奸她。洪爱敏说过，高鸿儒要是不离婚娶她，她就是死也得让高鸿儒陪葬，他怕洪爱敏没完没了地纠缠，最后逼得高鸿儒实在是没办法了，只好命令彭旭日除掉她。

高鸿儒的另一个情人段依静也逼他离婚，否则就让天下人都知道他们的关系。他们两个人生了一个男孩，已经两周岁了，寄养在段依静老家，段依静说如果高鸿儒不答应娶她，她就把儿子接来送到唐静面前。没办法高鸿儒又安排彭旭日除掉了段依静。

其实段依静和彭旭日早就有暧昧关系了，后来还是彭旭日把她介绍给高鸿儒的。彭旭日和段依静发生关系后，无奈地杀死了段依静，正巧朱莉妹买菜回来了，他兽性发作，一不做二不休，又把朱莉妹杀害了，之后还残忍地强奸了她的尸体。

当慕忠诚讯问彭旭日为何要残忍地割掉她们的头颅时，彭旭日变态地讲，她们都是婊子，恨她们敲诈勒索对自己有恩的高鸿儒，所以把她们的脑袋割下来放在客厅，把她们的身子扔在卫生间，让她们遗臭万年。

他还交代了一些和古德宝的勾当，以及为了消除证据花钱破坏视频监控等犯罪事实。因证据确凿，彭旭日按照程序已经移交至检察院，等待法律庄严的判决。

蓝林远才是杀害拾荒妇女的真正凶手，同时那天晚上他受命于古老四杀害南武。因证据确凿，对他的处置也已经进入司法程序。

古德玉，绰号“古老四”，外逃，没有抓到。

古德宝无罪释放，慕忠诚想不通。

凌卫国涉嫌贪污受贿罪，被纪检部门双规，先期调查。

南发先取保候审，在医院照顾他植物人的儿子。

唐静自首了，临行前她让父亲交给慕忠诚一封信。内容也简单，就是说她和慕忠诚有缘无分，她是有虚荣心的，高鸿儒革命家庭出身，当时还是高大帅气的解放军侦察连连长，哪个女孩见到他都会动情的，直到现在她也不后悔，后悔的就是高鸿儒不听劝，在外边胡作非为，惹下麻烦。本来她也想一死了之，她想到了年迈的父母和自己的女儿。

从段依静、朱莉妹体内提取的精液不是张佳展的，为了高鸿儒，她只能谎报勘查信息。她知道她犯了包庇罪、渎职罪。洪爱敏和张佳展是情人，张佳展不是凶手。

“从对党的忠诚、对百姓的爱戴、对公安事业的执着和做人做事，我真的佩服你，内心崇敬般地深爱你，老同学——慕忠诚。”慕忠诚把这封信交给了妻子孙琳保存。

关天一因为急于破案立功，对张佳展的死有一定责任，给予党内撤职处分，限期调出公安机关，永不录用公务员，免于刑事处罚。李局长破口大骂高鸿儒，为了讨好他，害了关天一，也给自己带来了不好的影响。

在表彰大会上，李局长还向慕忠诚同志道了歉。

魏长明晋升为分局刑侦支队支队长。

黄博文免职，提前退休。

单怀斌担任了副区长，分局局长职务。

慕忠诚保留原岗位职级，安排到市扫黑除恶办公室任副主任。历泽舫副组长又把慕忠诚借调到中央巡视组工作，为期三年。

慕占军告诉爸爸慕忠诚，今年夏天高考，第一志愿一定报考中国人民公安大学。

后　记

为深入学习贯彻习近平文化思想，打造健康文明、昂扬向上、全员参与的职工文化，天津市总工会联合天津市作家协会、中国工人出版社开展天津市职工作家培育工程，深入挖掘中国职工文学起源地的深厚宝贵资源，创作职工文学精品，大力传承和弘扬职工文学，积极推动天津职工文学繁荣发展。通过培育工程，力求发现培育一批职工作家，点燃天津职工文学创作之火，推出讴歌新时代、颂扬主旋律、增强职工精神力量的现实主义小说作品，讲好中国故事、天津故事、职工故事，大力弘扬劳模精神、劳动精神、工匠精神，凝聚起为实现中华民族伟大复兴中国梦而团结奋斗的强大精神力量。

2023年4月培育工程启动以来，面向天津市职工征集5万字以上中长篇小说，先后召开两次专题工作推进会，举行职工作家培育工程座谈会，举办职工读书分享活动，基层工会认真组织，广大职工文学爱好者积极参与，共收到53部应征小说作品。天津市总工会、天津市作家协会成立专家评审组，推选出了10部小说作品，由此确定10名职工作家培育对象，随后邀请知名作家、评论家对10名职工作家培育对象作品进行指导，小说作品都在原有的基础上进行了结构和文字上的拓展完善，2023年底完成10部小说作品的成稿，经过中国工人出版社专业出版团队精心打造书稿，2024年4月出版发行天津市职工作家创作文丛。

感谢著名作家蒋子龙对培育工程的关注和支持，特别是蒋老逐篇审阅了文丛书稿，提出了修改意见，并亲自为文丛作序，倾注了大量心血，他对晚辈和新人的倾心扶植与关爱，让我们感动。全国总工会对天津市职工作家培育工程给予充分肯定，全国总工会宣教部专题听取汇报，提出指导意见，对丛书出版和推介也提出具体意见。感谢天津市委宣传部、天津市作家协会对丛书编辑出版的指导和支持。还要感谢王震海、狄青、张楚、邵衡宁、宋曙光、徐福伟、黄桂元（按姓氏笔画排序）等作家、评论家对职工作家培育对象进行了一对一悉心培育，对作品给予了一对一倾心指导，在此对各位领导和专家表示衷心的感谢。

由于编者水平有限，疏误之处，敬请广大读者批评指正。

天津市总工会

2024年4月